KB078358

월든처럼

헨리 데이비드 소로처럼 숲으로 들어간 4년

Like The Walden

4years in the Forest

Just Like Henry David Thoreau

Written by Kim Young Gwon

Like The Walden

헨리 데이비드 소로처럼 숲으로 들어간 4년

월든:처럼

김영권 지음

4years in the Forest

Just Like Henry David Thoreau

살림

평화와 기쁨에서 시작하다

산골로 오면서 세 가지 생활 원칙을 세웠습니다.

하나, 덜 벌고 더 살기.

둘, 꼭 하고 싶은 일과 꼭 해야 할 일만 하기.

셋, 삶과 공부와 글을 일치시키기.

이렇게 살려고 했습니다. 그러다 보니 이런 질문이 생겼습니다.

하나, 덜 벌고 더 사는 게 아니라 덜 벌고 덜 사는 건 아닌가?

둘, 꼭 하고 싶은 일과 꼭 해야 할 일만 하는 게 혼자만 잘 살려는 건
아닌가?

셋, 삶과 공부와 글을 일치시킨다고 했는데 감당할 만한가?

이런 물음에 답하면서 3년을 지냈습니다. 그 답은 어떤 것일까요?

벌이를 내려놓았으니 덜 버는 건 분명합니다. 그 대신 더 사나? 왠지 허전한 날 묻습니다. 혹시 덜 사는 게 아닌가? 세상을 너무 등지지 않았나? 사는 게 너무 싱겁지 않나? 하지만 그런 것 같지는 않습니다. 전에는 삶과 다투느라 고단했습니다. 지금은 삶을 즐깁니다. 나는 편안합니다. 즐겁습니다. 설레며 아침을 맞습니다. 그러면 더 사는 거겠지요.

꼭 하고 싶은 일은 책을 읽고 글을 쓰는 것입니다. 숲을 거닐고 강변을 노니는 것입니다. 편한 사람과 한잔하는 것입니다. 꼭 해야 할 일은 안팎으로 적당히 쓸고 닦는 것입니다. 그 밖의 일은 대부분 해도 그만 안 해도 그만입니다. 미리 마음먹은 대로, 꼭 하고 싶은 일은 꼭 했습니다. 꼭 해야 할 일은 기꺼이 했습니다. 해도 그만 안 해도 그만인 일은 안 했습니다.

하지만 때로 헷갈립니다. 안 해도 될 일이 꼭 해야 할 일처럼 다가옵니다. 이건 되고 저건 안 된다, 이럴 땐 이렇고 저럴 땐 저렇다는 세간의 법과 남들의 눈이 얼마나 많습니까. 꼭 하고 싶은 일도 일상에 잠기면 시들해져서 곁눈질을 하게 됩니다. 이럴 때 삶은 방향을 잃습니다. 의미가 흐릿해집니다.

그래서 소박하게 사는 데도 큰 결심이 필요합니다. 마음을 비워야 일을 간추릴 수 있습니다. 소신을 지켜야 단순함을 유지할 수 있습니다. 욕심을 경계해야 샛길로 빠지지 않습니다. 열정과 인내가 있어야 꼭 하고 싶은 일도 제대로 할 수 있습니다. 일을 즐기고, 일에 휘둘리지 않는 게 생각보다 쉽지 않지요.

삶과 공부와 글을 일치시키는 것은 더 어렵습니다. 삶이 풍성하고 앎이 무르익어야 진짜 글이 나옵니다. 반대로 글이 부실하면 삶이 모자라고 앎이 설익은 것입니다. 갈 길이 먼 것입니다. 내가 바로 그렇지요. 갈 길이 멀지요. 뭘 모르지요.

요즘에 특히 절감합니다. 삶과 공부와 글을 하나로 합치는 것이 얼마나 큰일인지를. 나는 이 일을 감당할 수 있을까요? 그건 모르겠습니다. 하지만 나는 믿습니다. 삶과 공부와 글을 일치시키려는 노력이 나를 지키고 키워 줄 것입니다. 나를 더 자유롭고 행복한 나라로 이끌어 줄 것입니다. 나는 오늘도 묻습니다. 내 삶은 풍성한가? 내 앎은 무르익었나? 내 글은 진실한가?

산골 4년차. 제 삶은 많이 느려졌습니다. 제법 간결해졌습니다. 평생 이렇게 살 수 있을 것 같습니다. 세상에 폐를 끼치지 않고 편히 살 수 있을 것 같습니다. 그런데 한 가지 물음이 끝까지 남습니다. 나 혼자만 잘 살려는 게 아닌가? 그렇습니다. 나 혼자만 잘 삽니다. 나는 이기적입니다. 앞으로도 그리 살 것입니다. 내 안에 평화와 기쁨이 넘쳐 나누지 않고는 배기지 못할 때까지 그리 살 것입니다. 언제 어디서 무엇을 하든 평화와 기쁨에서 시작할 수 있을 때까지 그리 살 것입니다.

이 책은 내 안의 평화와 기쁨을 찾아가는 내면 여행기입니다. 앞서 쓴 두 권의 책에서도 그런 여행을 했습니다. 한 번은 기자로서, 또 한 번은 일을 내려놓고 '두 번째 삶'을 준비하면서. 그러니까 이번이 세 번째입니다. 이번 여행에서는 나의 본색을 더 적나라하게 드러내고 싶었습니다.

사진은 주로 산책길에, 때로 여행길에 틈틈이 찍은 것들입니다. 나를 잊고 강이 되고, 산이 되고, 들이 되고, 꽃이 되던 순간들! 하늘과 물과 길, 햇살과 바람과 향기가 내 안으로 스며들어 아득하게 경계가 사라지던 순간들! 나도 몰래 숨과 걸음과 생각이 멎는 이런 순간들이 늘어날수록 나는 행복하게 잘 사는 것이겠지요.

오늘 평화와 기쁨에서 시작합니다.
여러분도 함께하시기 바랍니다.

2015년 봄
개울하늘 태평家에서

· **차례**

Part 3. 마음 - 나의 행복은 나의 긍정하는 능력과 같다

Part 4. 앎 - 모든 상황은 나를 위한 것이다

Part 1.
삶

———

신비는
내 안에
있다

그냥 즐겁기

1.

"시골에서 심심해서 어떻게 살아요?"

"일도 없이 뭐 하고 지내요?"

이렇게 묻는 분들이 많다. 나는 대답한다.

"하나도 안 심심해요."

"그냥 즐겁게 지내요."

그러면 대개 고개를 갸우뚱한다. 아마 이런 뜻이리라.

설마 그럴 리가.

어쩌면 그럴 수가.

이런 분들은 정신없이 바쁜 것보다 일없이 한가한 것이 더 괴롭다. 무얼 하는 것보다 그냥 있는 것이 더 난감하다. '하다'보다 '있다', 'Doing'보다 'Being'이 더 어렵다. 평생 일에 매어 일만 하면서 살다 보니 일이 배어 일없이 못 산다.

그래서 나타나는 증상. 첫째, 잠시도 가만히 있지 못한다. 둘째, 일이 없으면 어쩔 줄 모른다. 셋째, 이 일 저 일 자꾸 만든다. 넷째, 쉴 줄 모른다. 다섯째, 놀 줄 모른다. 노는 것도 일하는 식이다. 여섯째, 다른 사람도 다 그런 줄 안다. 한마디로 일중독이다.

내가 보기에 이 여섯 가지 증상 가운데 두 가지 이상 걸리면 일중독이다. 나는 어떤가? 나도 그랬다. 일중독증이 심했다. 신문사에서 경제부 데스크를 할 적엔 4년 가까이 일요일도 없이 출근했다. 1년 365일 휴일도, 휴가도 없이 일했다.

하지만 이것도 때가 되면 졸업해야 한다. 젊어서는 '하다'에 끌린다. 끓는 피는 '하다'를 원한다. 그러나 나이가 들수록 '있다'에 끌린다. '이루기'보다 '누리기'에 주목한다. 내일의 성취보다 오늘의 행복을 중시한다. 소유에서 존재로 이동한다.

사실 삶에서 본질적인 것은 '하다'가 아니라 '있다'다. '있다'는 내게서 분리할 수 없는 존재의 상태다. 내가 행복하면 무슨 일을 하든 행복하다. 내가 행복해서 일이 행복한 것이지 일이 행복하다고 내가 꼭 행복한 것은 아니다. 다시 정리하자.

1. Being이 행복이면 Doing은 무엇이든 행복하다.

2. Being이 불행이면 Doing은 무엇이든 불행하다.

3. Doing이 행복하다고 Being이 반드시 행복한 것은 아니다.

4. Doing이 불행하다고 Being이 반드시 불행한 것은 아니다.

'하다'의 바탕에는 언제나 '있다'가 있다. '하다'는 파도이고 '있다'는 바다다. 'Doing'은 구름이고 'Being'은 하늘이다. '있다'의 상태가 '하다'의 행복과 불행을 결정한다. 거꾸로 '하다'의 상태가 '있다'의 행복과 불행을 결정하진 않는다. 오쇼 라즈니쉬는 말한다. "그대가 무엇을 하든 행복하다면 그대는 깨달았다." 나는 그것을 아나?

나는 '하다'에 파묻혀 산다. '하다'의 파도로 철썩인다. 'Doing'의 구름으로 떠돈다. 잠시도 가만있지 못한다. 무슨 일이든 해야 한다. 나는 일부러 일을 만들어 일에 빠진다. 그러면서 "어떻게 노냐, 어떻게 쉬냐, 어떻게 그냥 있냐"고 묻는다. "가만히 있으면 탈 난다. 놀면 늙는다. 쉬면 병난다"고 겁낸다.

일중독에 빠져 일만 하던 사람이 갑자기 일을 멈추면 어쩔 줄 모른다. 밀려 드는 공복감! 뭘 해야 하나? 뭘 먹고사나? 막막하다. 불안하다. 초조하다. 겁난다. 금단 증세다. 나는 이 고비를 넘지 못하고 다시 일로 돌아간다. 정신없이 분주한 일 속으로 숨는다. 소란한 Doing으로 두려움을 덮는다.

Being에 뿌리내린 Doing은 진실하다. 충만하다. 그것은 Being의 놀이다. Being의 자기표현이다. 하지만 Being에 뿌리내리지 못한

Doing은 덧없다. 힘겹다. 삶은 중심을 잃고 표면에서 겉돈다. 다들 그렇게 산다. 이 시대의 삶은 'Being 없는 Doing'이다. 그것은 일종의 광기다. 정신병이다. 욕심 사나운 에고 여행이다.

　그러니까 사는 게 덧없고 힘겨울 때 나는 내 중심을 놓친 것이다. Being의 뿌리에서 떨어져 나와 정처 없이 표류하고 있는 것이다. 엉뚱한 곳을 떠돌며 삶을 낭비하고 있는 것이다. 이제 나는 다시 Being으로 가야 한다. '하다'의 파도를 가라앉히고 내 안의 바다를 만나야 한다. 'Doing'의 구름을 거두고 내 안의 하늘을 바라보아야 한다. 내 존재에 뿌리내리고 똑바로 서야 한다.

2.

　'하다'와 '있다', 'Doing'과 'Being'. 에리히 프롬은 이를 '소유'와 '존재'로 구분했다. 다 같은 뜻이다. 나는 어느 쪽인가? 'Doing형'인가, 'Being형'인가? 궁금하면 다음 열두 가지를 체크해 보자.

　◆ 나는 어느 쪽을 더 중시하나?

	1	2	3	4	5	6	7	8	9	10	11	12
Being형	가슴	느낌	감성	직관	누림	과정	화합	오늘	여기	천천히	자연	침묵
Doing형	머리	생각	이성	논리	이룸	결과	경쟁	내일	저기	빨리	문명	대화

위의 것에 많이 쏠리면 'Being형'이다. 아래 것에 많이 쏠리면 'Doing형'이다. 위의 것을 꼽은 숫자를 12로 나눈 비율을 나의 '존재 비율'이라고 하자. 이 비율이 50% 아래면 나는 내 존재의 뿌리에서 많이 멀어진 것이다.

내 나름대로 나눠 본 것이니까 너무 심각하진 마시라. 그래도 내친 김에 한 번 더 살펴보자. 이것 또한 열두 가지다.

◆ 나는 어떤 스타일인가?

	1	2	3	4	5	6	7	8	9	10	11	12
Being형	즉흥적	동시적	타타타	솟아남	무위	무욕	비움	평화	우뇌	단순	놀이	소박
Doing형	계획적	순차적	더더더	끌어냄	인위	야망	채움	긴장	좌뇌	복잡	과제	화려

이 비율은 어느 정도인가? 이것 역시 50% 아래면 문제가 있다. 나는 나의 '존재 비율'을 높여야 하리라. 더 놀고, 더 쉬고, 더 누리고, 더 행복해야 하리라.

방법은 어렵지 않다. 아래 칸에서 위 칸으로 옮겨 가는 것이다. 내가 할 수 있는 것부터 하나씩 차례로 옮겨간다.

머리에서 가슴으로, 생각에서 느낌으로, 내일에서 오늘로, 이룸에서 누림으로, 빠름에서 느림으로……

더더더에서 타타타(如如)로, 끌어냄에서 솟아남으로, 인위에서 무위로, 과제에서 놀이로…….

파도에서 바다로, 구름에서 하늘로, 주변에서 중심으로……

주변이 아무리 요란해도 중심은 고요하다. 중심은 평화의 나라다. 내 안의 왕국이다. 그곳에서는 아무것도 하지 않으면서 하지 못하는 일이 없다. 무위이화(無爲而化)다.

오늘은 오늘의 날

───

내 생애 최고의 날! 그게 언제인가? 오늘인가? 아니라면 그대는 오늘을 놓치리. 오늘을 누리지 못하리. 틱낫한 스님은 제안한다.

오늘을 '오늘의 날'로 정하자. 이날, 오늘의 날, 우리는 어제를 생각하지 않고, 내일을 생각하지 않으며, 오로지 오늘에 대해서만 생각한다. '오늘의 날'은 우리가 지금 이 순간에 행복하게 사는 때다.*

그래, 오늘은 '오늘의 날'이다. 오늘은 '오늘의 날'이니까 오늘을 최고의 날로 만들자. 오늘을 최고의 순간으로 누리자. 왜? 나에겐 오늘밖에 없으니까. 어제는 지나갔고, 내일은 오지 않았으니까. 내일도 내일이 되면 결국 오늘로서 맞을 테니까.

Being이 행복이면 Doing은 무엇이든 행복하다.
Being이 불행이면 Doing은 무엇이든 불행하다.
Doing이 행복하다고 Being이 반드시 행복한 것은 아니다.
Doing이 불행하다고 Being이 반드시 불행한 것은 아니다.

맛있는 것을 먹는 두 가지 방법. 하나, 맛있으니까 지금 먹는다. 둘, 맛있으니까 나중에 먹는다. 예전에는 주로 뒤의 방법을 썼다. 그러나 지금은 주로 앞의 방법을 쓴다. 맛있는 것은 지금 먹는다. 지금 맛을 음미하면서 최고로 맛있게 먹는다. 아, 이 맛! 이 향기! 나는 행복하다. 지금이 최고의 순간이다. 맛있는 것을 나중에 먹으면 손해다. 그때는 지금만큼 싱싱하지 않다. 나중에 먹는 게 습관이 되면 나는 항상 묵은 것을 먹는다. 최고가 지난 것을 먹는다.

행복이 맛있는 것이다. 그래서 행복을 누리는 방법도 두 가지다. 하나, 행복하니까 지금 누린다. 둘, 행복하니까 나중에 누린다. 예전에는 주로 뒤의 방법을 썼다. 지금은 참고 다음에 행복하자. 이것부터 하고 행복하자. 저것부터 하고 행복하자. 이걸 이뤄야 행복하다. 저걸 가져야 행복하다. 그러나 지금은 주로 앞의 방법을 쓴다. 나는 지금 행복하다. 이것을 하지 않아도, 저것을 이루지 않아도, 그것을 갖지 않아도 나는 행복하다. 하고, 이루고, 갖는 것은 나중 일이다. 그것은 할 때 행복하고, 이룰 때 행복하고, 가질 때 또 행복하면 된다. 나에게는 앞으로도 행복할 일이 널려 있다. 그래서 나는 지금 행복하다.

오늘을 최고의 순간으로 만드는 방법은 간단하다. 오늘을 최고로 사랑하면 된다. 어제 말고 오늘, 내일 말고 오늘을 최고로 사랑한다. 오늘에 집중한다. 오늘에 빠진다. 나에게는 단 하루, 오직 오늘밖에 없는 것처럼!

아니, '오늘밖에 없는 것처럼'이 아니다. 나에게는 언제나 오늘밖에 없다. 어제는 지나갔고, 내일은 오지 않았으니까. 내일도 내일이 되면 결국 오늘로서 맞을 테니까. 그러니 오늘이 최고의 날이 아니면 나에게 최고의 날은 없다.

오늘을 최고로 사랑하는 방법도 간단하다. 오늘 나의 삶을 최고로 사랑하면 된다. 오늘의 일, 오늘의 놀이, 오늘의 만남, 오늘의 밥, 오늘의 쉼, 오늘의 잠을 최고로 사랑한다. 오늘의 인내, 오늘의 나눔, 오늘의 용서를 최고로 사랑한다. 그럼으로써 '오늘의 날'은 내 생애 최고의 날이 된다.

오늘을 '오늘의 날'로 정하자. 지금을 '지금 이 순간'으로 정하자. 그러면 매일매일이 내 생애 최고의 날이 된다. 순간순간이 내 생애 최고의 순간이 된다. 아! 내 인생의 전성기는 오늘이다. 지금 이 순간이다.

이미 난 길은 내 길이 아니다

꽉 막혀 주차장이 다 된 길에 꼼짝없이 갇힐 때가 있다. 서울외곽순환고속도로에서, 88올림픽도로에서, 경부고속도로에서, 영동고속도로에서……. 중간에 샐 수도 없어 오도 가도 못 할 때. 아, 그 갑갑함, 그 답답함! 와중에 반대편 길이 훤히 뚫려 있으면 열 받는다. 핸들을 확 돌리고 싶다. 아니 그 길로 직진해 짜릿한 역주행을 하고 싶다.

사실 내가 지금 사는 방식이 역주행이다. 남들 일하러 갈 때 놀러 다니는 신나는 역주행이다. 그것은 꽉 막힌 반대편 길을 바라보며 유유히 달리는 것이다.

춘천 다녀오는 길목에 있는 집다리골 자연휴양림. 화악산 깊은 골인 그곳이 너무 좋아 최근 일주일 새 세 번을 갔다. 산자락을 지그시 에두르는 숲길이 예술이다. 나는 월요일 낮에 갔다가 반해서 다음 날

내 생애 최고의 날!
그게 언제인가? 오늘인가?
아니라면 그대는 오늘을 놓치리.
오늘을 누리지 못하리.

또 가고, 다다음 날 또 간다. 산은 고요하다. 숲도 비고, 길도 비고, 물도 비고……. 모든 게 한가하다.

삶이 몹시 번잡해 어디로든 달아나고 싶던 10여 년 전의 어느 봄날, 집다리골에 온 적이 있다. 나는 주말 새벽, 무작정 인적 없는 의암호를 끼고 달리다가 춘천댐을 지났고 '집다리골'이란 표지판에 이끌려 깊은 골짜기를 찾아 들었다. 아! 그때 그 계곡의 물, 새벽 공기, 숲의 향기, 아침 햇살, 연둣빛 녹음……. 그것은 순전히 우연이었다. 매일 달리던 노선과 차선을 슬쩍 벗어나 거꾸로 달리는 역주행이었다. 그때의 전율이 뇌리에 박혀 화천에 와서도 저곳이 분명 10여 년 전의 그곳일 텐데 하며 벼르고 있었다.

그러고 보면 집다리골은 나의 역주행과 인연이 깊다. 집다리골은 나에게 속삭인다. 남들과 똑같이 몰려 다니지 마라. 그 길은 복잡하다. 그 길은 속 터진다. 그 길은 골치 아프다. 그 길은 너의 길이 아니다.

나는 모범생이었다. 한번도 말썽을 피우는 역주행을 하지 않았다. 남들 가는 길을 따라가고, 앞서가려 애썼다. 하지만 그 길은 너무 붐볐다. 부와 성공을 향해 돌진하는 길! 그 길엔 기는 놈, 걷는 놈, 뛰는 놈, 나는 놈, 좋은 놈, 나쁜 놈, 이상한 놈이 뒤섞여 우글우글했다. 언제 어디에서 한 합을 겨루든 고수들이 수두룩했다. 반칙과 새치기가 즐비했다. 그 길에서 밀고 밀치며 사느라 참 고단했다. 높은 문턱을 기어오르고, 좁은 문을 비집고 들어가느라 청춘의 에너지를 다 바쳤다.

그러다가 나이 쉰에 멈춰 섰다. 아무래도 이 길이 아닌가 봐! 나는 솔직히 겁이 났다. '이 길로 더 가면 추해질 것이다. 쓰러질 것이다. 크게 후회할 것이다.' 나는 내 마음 깊은 곳에서 새어 나오는 경고를 받아들였다. 그리고 돌아섰다. 역주행을 시작했다.

일을 내려놓고 산골에 와서 살아 보니 이 길이 내 길이다. 편하고 자유로운 길, 나를 나답게 드러내는 길, 진정한 나에게로 가는 길! 그러니까 이 길은 역주행이 아니다. 도심의 혼잡한 도로에서 곡예하듯 달리고, 꽉 막힌 고속도로에서 속 터져 하던 것이 역주행이었다. 나를 거슬러 가는 험한 역주행이었다. 나는 참 바보다. 어쩌자고 이 좋은 길을 제쳐 두고 북새통 길로 찾아들어 고달픈 역주행을 했는가.

나는 남들 보기에 행복한 길을 갔다. 당연히 그 길에 나의 행복은 없었다. 나는 엉뚱한 길에서 지지고 볶으며 살았다.

이제 알겠다. 남이 보기에 좋은 길이 아니라 내가 느끼기에 좋은 길이 내 길이다. 그 길이 어떤 길이든 그 길로 가는 것이 정상 주행이다. 그 외의 길은 다 역주행이다. 내가 나답게 살아가면 그 뒤에 놓이는 길이 내 길이다. 세상에 내가 오직 하나이듯 나의 길도 오직 하나다. 이미 난 길은 나의 길이 아니다.

혹시 지금 꽉 막힌 길에 갇혀 있는가? 이 길을 어찌 빠져나갈까 막막한가? 그럴 때는 그냥 참고 기다리는 게 낫다. 경험상 그렇다. 이리저리 궁리해 봤자 뾰족한 답이 없다. 옆길로 새어 다른 길을 타도 나중에 보면 그게 그거다. 거북이처럼 기어가나 다람쥐처럼 돌고 도나 결과는 비슷하다. 하지만 꽉 막힌 길을 빠져나온 다음에 또 그런 길로 찾아드는 것은 바보 같은 짓이다.

혹시 내가 그러고 있는 건 아닐까? 막힌 곳을 피하겠다고 열심히 머리 굴리지만 실제로는 막히는 길만 골라 다니는 건 아닐까? 그곳에서 눈빛 살벌한 고수들과 뒤섞여 다투느라 생고생을 하는 건 아닐까? 반칙과 새치기에 능한 달인들을 살피고 피하느라 골머리를 썩는 건 아닐까? 다들 한 방향으로 우르르 몰려가니 나도 그쪽이 옳다고 우기는 건 아닐까?

그렇다면 이건 코미디다. 착각이다. 그런 길에서 내가 눈빛 살벌한 고수가 되어도, 반칙과 새치기에 능한 달인이 되어도 나에게 삶은 지겹고 고단한 것이다. 나는 결국 나만의 길에서 이탈한 삶의 탈락자다.

남이 보기에 좋은 길이 아니라 내가 느끼기에 좋은 길이 내 길이다.
내가 나답게 살아가면 그 뒤에 놓이는 길이 내 길이다.

안단테 안단테

재일교포 재즈 보컬리스트인 게이코 리. 어떤 노래든 그녀에게만
가면 쭉 늘어진다. 그녀 식으로 엿가락처럼 쭈욱. 1995년 1집《이매
진(Imagine)》을 내고 데뷔했는데 존 레논의 명곡 「이매진」도 여기서
는 엿가락처럼 쭉 늘어진다. 어떻게 늘어지냐고? 열 마디 말이 필요
할까. 한번 들어보시라. 나는 그녀의 팬이다. 그녀의 한국 이름은 이
경자다. 우리나라 재즈 보컬리스트인 나윤선. 그녀도 노래를 잘 늘어
뜨린다. 4분의 4박자 행진곡 풍인 「사노라면」도 그녀에게 가서 완전
히 쭉 늘어졌다. 나는 그 늘어짐이 좋다.

나는 안단테가 좋다. 아다지오가 좋다. 나는 슬로 템퍼다. 느림보
다. 먹는 것도, 걷는 것도, 일하는 것도, 글 쓰는 것도 다 느리다. 자동
차도 천천히 본다. 노래도 느릿하게 부른다. 게이코 리 스타일로 쭉

늘인다. 춤도 흔들지 않고 흐느적거린다.

그런데 정신없이 팽팽 돌아가는 세상에 살려니 참 고단했다. 스트레스가 많았다. 그것도 신문기자를 했으니 오죽하랴. 20년 이상 데드라인을 코앞에 두고 살았다. 매일매일 마감 시간을 '죽음의 선'이라 여기며 달렸다. 나는 엇박자를 내지 않으려고, 속도 경쟁력을 높이려고 무진 애를 썼다. 뭐든 재빨리 해내는 사람이 부러웠다.

지금도 나는 쫓기는 꿈을 꾼다. 달려도 달려지지 않는 꿈, 적지에 홀로 남아 마음 졸이는 꿈……. 나는 애를 태우다 잠에서 깬다. 어떻게 하면 이 꿈을 끝낼 수 있을까? 방법은 오직 하나, 이제 그만 쫓기며 사는 것이다. 내 스타일대로 천천히 사는 것이다. 그래야 더 이상의 쫓김이 없다.

무의식으로 숨어든 오랜 상처는 어쩌나? 그것도 억눌려 뭉쳐 있는 것보다 꿈으로 자꾸 올라오는 게 낫다. 꿈에서 깨어나면 옛 상처를 알아차리고 보듬는다. 그래, 나는 힘들었구나. 억지로 빨리 살려고 고달팠구나. 이제는 그러지 말고 천천히 살자. 안단테 안단테!

산골로 와서 내 식으로 사니 좋다. 숨겨진 내 리듬, 내 색깔이 나온다. 밥은 더 천천히 먹는다. 마지막까지 밥상을 지킨다. 밥맛은? 더 좋지! 밥맛과 국 맛과 반찬 맛을 느끼니까. 음악은 갈수록 느린 것을 찾는다. 바이올린에서 첼로로, 안단테에서 아다지오로 간다. 걸음도 시나브로 느려진다. 대신 오래 걷는다. 언제 얼마나 걸을진 내 맘이다. 돈은 내 편이 아니지만 시간은 내 편이니까. 아, 아름다운 오늘! 오늘은 어디를 얼마나 걸을까? 안단테 안단테!

일도 '세월아 네월아'다. 어떤 일이 다가오면 못 본 체한다. 또 다가오면 속으로 묻는다. '꼭 해야 하나?' 물어도 물어도 자꾸 다가오면 마음에 담고 이리저리 재어 본다. 그러면서 세월은 가고, 그러다 보면 일들이 알아서 한다. 마치 아무 일도 없었던 것처럼 조용히 지나가거나 저절로 해결된다. 그러니까 나에게 다가온 일이 열이라면 그중 일고여덟은 공연히 애쓰지 않아도 되는 일이다. 나는 공연한 일로 번잡해지고 싶지 않다.

물어도 물어도 자꾸 떠오르고 이리저리 재어 보아도 그 일이 떠나지 않으면 마침내 그 일을 한다. 이쯤 되면 그 일은 내 안에서 완전히 무르익는다. 숙성된다. 그 일은 자연스레 마음에서 몸으로 흘러나온다. 손에 잡혀 순순히 풀려나간다. 그 일은 내 일이다. 안단테 안단테!

글도 아주 천천히 쓴다. 어느 날 빛바랜 연애편지를 들춰 보다 감동했다. 내 글이 이렇게 아름다웠나? 내 안에 이렇게 맑고 투명한 감성이 있었나? 이 편지를 받아 본 그녀는 얼마나 가슴 설레었을까. 나는 사랑에 들뜬 젊은 날의 연서가 마음에 든다. 유치하지만 보석 같은 반짝임이 있다. 그건 시라고 하기엔 산문이고, 산문이라고 하기엔 시다. 오직 나만 쓸 수 있는 내 스타일의 글이다.

하지만 수십 년 마감에 쫓기면서 기사를 쓸 때는 도무지 내 글이 없었다. 기사는 정확해야 한다. 잘잘못을 따져야 한다. 객관적인 체해야 한다. 무엇보다 빨리 써야 한다. 늦으면 아무 소용 없다. 질보다 속도

다. 이런 식으로 기사를 쓰면서 나는 내 글을 잃었다. 시도 잃고 산문도 잃었다. 거칠고 숨 가쁜 기사만 가지고 씨름했다. 나 말고 남의 이야기만 가지고 왈가왈부했다. 그러곤 부르는 대로 달려 나오지 않는 글에 낙망했다. 그게 스트레스가 되고 상처가 됐다.

이제 이런 고민은 없다. 나는 다시 내 글을 쓴다. 내 식으로 뜸을 푹 들여 쓴다. 누가 뭐라 하든 내 필치로 내 이야기를 쓴다. 내 안에서 배어나는 만큼 쓴다. 그것은 나의 향기다. 내 안에 배인 것이 맑으면 글도 맑다. 내 안에 배인 것이 탁하면 글도 탁하다. 배이지도 않은 것을 쥐어짜면 글이 역하다. 그러니까 글보다 중요한 것은 삶이다. 내 멋과 맛을 살려 천천히 사는 삶이다. 매 순간 쫓기지 않고 누리며 사는 삶이다. 나는 삶과 글을 향기롭게 일치시키고 싶다.

안도현 시인은 말한다. "시간을 녹여서 쓴 흔적이 없는 시, 시간의 숙성을 견디지 못한 시, 말 하나에 목숨을 걸지 않는 시를 나는 신뢰하지 않는다. 시를 읽고 쓰는 것, 그것은 이 세상하고 연애하는 일이다."

시인만큼 비장하지는 않지만 나에게도 시간을 녹여 숙성시킨 글만이 향기롭다. 안단테 안단테!

빵 없이 못 사는 세상과
빵만으로 못 사는 세상

───────

단 하루만 일해도 월 120만 원씩 죽을 때까지 드려요.

재산 소득 상관없이 받기만 하세요.

통장에 꽂아 드려요.

어떻게 차지한 우리의 권력인데요.

특권 없는 국회죠?

국민을 위한 정치죠?

우리가 배불러야 국민이 잘살아요.

여야 간 모두 힘을 합쳐 국회의원 연금법 통과됐네.

월 120만 원! 매달 120만 원!

국회의원 연금법을 조롱하는 노래다. 제목은 「매달 120만 원 송」! 매달 120만 원은 단 하루만 배지를 달아도 예순다섯부터 연금을 받도록 한 헌정회 육성법에 따른 것이다. 1991년 제정된 이 법이 우여곡절 끝에 개정돼 현역인 제19대 의원부터는 연금을 주지 않기로 했다. 만시지탄! 막차를 놓친 의원님들은 섭섭하시겠다. 법을 고친 뜻을 받들어 앞차를 타고 가는 분들도 '120만 원의 특권'을 내려놓으면 좋겠다.

월 120만 원은 적은 돈이 아니다. 매달 120만 원은 더더욱 그렇다. 예순다섯부터 죽을 때까지 이 돈을 나라에서 꼬박꼬박 받기로 했다면 노후 설계는 다 된 것이다.

나는 1989년부터 2011년까지 22년 동안 국민연금을 냈다. 연금은 예순셋인 2024년부터 받는다. 그 돈이 월 85만 원가량 된다. 지금은 벌이가 없어 못 내는데 어떻게든 예순까지 계속 내면 연금액이 120만 원으로 늘어난다고 한다. 그러니까 늙어서 매달 120만 원을 나라에서 받으려면 30여 년을 쉬지 않고 벌어 돈을 내야 한다.

'늙어서 얼마'를 따질 처지가 아닌 사람들도 많다. 이들에게 한 달 120만 원은 냉엄한 현실이다. 지금 당장 해결해야 할 절체절명의 생존 과제다. 지방대학을 나와 제대로 직장을 잡지 못한 빈털터리 젊은이가 있다. 그는 할 수 없이 전국을 떠돌며 닥치는 대로 일을 한다. 진도에서 꽃게잡이 배를 탄다. 월 12만 원짜리 벌집 고시원에서 지내며 편의점과 주유소 아르바이트를 한다. 아산 돼지 농장에서 똥을 치운다. 춘천 비닐하우스에서 먹고 자며 오이를 딴다. 당진 자동차 부품 공장에서 가공을 하고 조립을 한다. 작업 환경은 지옥 같고, 노동 강도는 살인적이고, 대우와 처우는 비인간적이다. 그렇게 뼈 빠지게 일해서 버는 돈이 한 달 100만 원에서 150만 원 사이다. 평균 잡아 120만 원 남짓이다.

길고 캄캄한 청춘의 터널을 지나며 그는 생각한다.

많은 사람들이 젊은 친구들이 힘든 일은 안 하려고 하면서 돈만 밝힌다고 투덜댔다. 이런 평가는 공정하지 못한 것 같다. 젊은 사람들은 힘들고 돈 안 되고 그렇다고 작업장에서 인격적인 대우를 받는 것도 아닌 일을 하려고 하지 않을 뿐이다. 생각해 보면, 어느 누가 그런 일을 하려고 하겠는가? 왜 사람들은 너무나도 쉽게 특정 부류의 사람들이 힘들고 위험하고 보수도 적은 일을 참고 버티는 게 당연하다고 믿는 걸까? 누군가 그런 일을 그만둔다면 그건 그들이 참을성이 부족해서가 아니라 오히려 현명하고 이성적이기 때문이 아닐까?•

그는 묻지만 나는 할 말이 없다. 그의 아픔, 그의 상처, 그의 분노, 그의 냉소, 그의 비틀림, 그의 일그러짐. 그의 절망, 그의 소망……. 그런 것들을 엿보며 나는 부끄럽다. 나는 진짜 밑바닥 삶을 모른다.

우리 집도 지금 한 달 120만 원에 산다. 나와 여동생이 한 달에 쓰는 돈은 통틀어 120만 원이다. 이 중 20여만 원이 건강보험료로 빠진다. 그리고 남는 100만 원을 동생과 내가 45만 원과 55만 원으로 나눈다. 동생은 45만 원으로 집안 살림을 한다. 장을 보고, 밥상을 차리고, 생활용품을 산다. 텃밭을 가꾸고, 김장을 한다. 내 몫 55만 원 중 15만 원은 공과금으로 빠진다. 상수도, 전기, 인터넷, 휴대전화 요금이다. 남은 40만 원으로 난방을 하고, 낡은 자동차를 굴리고, 설과 추석 명절을 지내고, 제사를 치르고, 용돈을 쓴다.

나는 '월 120만 원'의 힘을 안다. '매달 120만 원'의 위력을 안다. '한 달 120만 원으로 평생 살기'가 우리 집 살림의 모토다. 그렇게 3년을 살아 보니 편하고 좋다. 그것은 덜 버는 대신 덜 사고 덜 쓰고 덜 버리는 삶이다. 마음 덜 쓰고 머리 덜 굴리는 대신 몸 더 움직이고 가슴 더 여는 삶이다. 여섯 가지를 덜 하고 두 가지를 더 하기! 내 식으로 정리하면 '6덜 2더'다. '6 less 2 more'다. 한마디로 '덜 벌고 더 살기'다.

나는 이런 틀을 만들기 위해 욕망의 도시를 떠났다. 집과 가진 것을 다 정리해서 오피스텔을 두 채 샀다. 여기서 나오는 월세 120만 원이 우리 집의 한 달 생활비다. 그러니까 나에게는 밥벌이의 고단함이 없다. 나는 그만 벌고 편히 산다. 한 달 120만 원의 한도 안에서 자유롭다. 나는 더 벌려고 삶을 번거롭게 하지 않을 것이다. 덜 벌고 더 살 것이다.

하지만 이런 얘기는 언제나 조심스럽다. 내 삶은 120만 원 위에 있다. 나는 많이 가진 사람이다. '한 달 120만 원'은 일종의 커트라인 같은 것이다. 120만 원 아래는 '빵 없이 못 사는 세상'이다. 120만 원 위는 '빵만으로 못 사는 세상'이다. 빵 없이 못 사는 세상에서는 빵이 전

나는 '더 벌고 덜 살기'보다 '덜 벌고 더 살기'를 원한다.
그것은 덜 버는 대신 덜 사고 덜 쓰고 덜 버리는 삶이다.
마음 덜 쓰고 머리 덜 굴리는 대신
몸 더 움직이고 가슴 더 여는 삶이다.

부다. 빵을 구하는 데 삶을 다 쏟아부어야 한다. 빵이 곧 삶이다. 그러니 120만 원을 우습게 보지 마라. 120만 원을 가지고 희롱하지 마라.

누구든 빵만으로 살지 않으려면 '한 달 120만 원'의 살림 기반을 만들어야 한다. 열심히 일하고 돈을 벌어야 한다. 그것은 각자의 숙제다. 거부할 수 없는 밥벌이의 중대함이다. 그래도 안 되는 가난은 함께 풀어야 한다. 서로 돕고 나눠야 한다. 혹시 '한 달 120만 원'의 커트라인이 너무 높은가? 그렇다면 낮춰라. 한 달 50만 원을 가지고도 빵에 매달리지 않고 살 수 있다면 그 삶은 더욱 가벼워질 것이다. 나 또한 그런 삶을 꿈꾼다. 혹시 '한 달 120만 원'의 커트라인이 너무 낮은가? 그렇다면 높여라. 다만 그걸 높이느라 평생 빵에만 매달려 사는 함정에는 부디 빠지지 마시라.

신비는 내 안에 있지

김영갑(1957~2005). 제주의 산과 바다와 들판을 사랑한 남자. 중산간의 하늘과 바람과 햇살을 껴안은 남자. 오름에서 황홀경과 오르가슴을 느낀 남자.

그 김영갑을 만나고 왔습니다. 온평포구에서 통오름과 독자봉을 넘어 그가 있는 삼달리 마을에 이르렀습니다. 나는 그날 올레 3코스를 걷는 중이었습니다. 그 길은 눈부시게 아름다웠습니다. 멀리 흰 눈을 두른 한라산과 중산간의 구릉과 그 끝자락의 푸른 바다가 한눈에 들어와 가슴 벅찼습니다.

꿈같이 그 길을 걷다가 김영갑의 사진 갤러리 '두모악'에 이르렀습니다. 그는 근육이 녹는 루게릭병에 걸려 일찍 세상을 떠났습니다. 죽기 전에는 자신의 전부인 카메라의 셔터도 누를 수 없었습니다. 베토

벤이 귀머거리가 된 것과 같은 운명이지요. 신은 어떤 뜻으로 그랬을까요? 영혼이 배인 그의 사진을 더욱 절절하게 만들려고 그랬을까요?

'두모악'에서 나는 그의 영혼을 만납니다. 그는 어디 멀리 있는 것 같지 않습니다. 나이도 나보다 네 살 위여서 생전에 알았다면 형이라고 불렀을 것입니다. 나는 그가 애석하지 않습니다. 나에게도 그와 똑같은 대역의 주파수가 흐르고 있기에 나는 그가 행복한 남자라는 것을 압니다. 그가 제주의 구름과 안개, 눈과 비, 나무와 억새, 꽃과 풀, 새와 풀벌레 소리에 홀려 전율했던 그 진한 감동과 평화를 나는 가늠할 수 있습니다.

그는 368개나 되는 제주의 숱한 오름 중에서 '용눈이오름'을 가장 사랑했습니다. 여인의 누드 같은 매혹적인 곡선을 그의 사진에서 여럿 볼 수 있습니다. 다들 용눈이오름과 그 곁에 있는 다랑쉬오름에 꼭 가 보라고 권합니다. 용눈이가 여성적이라면 다랑쉬는 남성적이라고 하는군요. 이 두 오름은 성산 쪽 중산간에 있는데 나는 아직 가 보지 못했습니다. 하지만 꼭 가 볼 것입니다. 그곳에 가면 김영갑의 진한 영혼을 또 느낄 수 있겠지요.

그는 틈만 나면 용눈이오름에 갔습니다. 그가 그곳을 찍은 사진만 1000장이 넘습니다. 그중에서 고르고 골라 몇 장이 세상에 나왔습니다. '용눈이'는 그가 미치도록 사랑한 애인이었습니다. 나는 그가 들뜬 걸음으로 애인에게 가는 모습을 떠올립니다. 그는 봄에도, 여름에도, 가을에도, 겨울에도 갑니다. 새벽에도, 아침에도, 대낮에도, 저녁에도 갑니다. 비가 오나, 눈이 오나, 바람이 부나 갑니다. 맑아도, 흐려도, 폭풍이 몰아쳐도 갑니다. 기뻐도, 슬퍼도, 외로워도 갑니다. 그때마다 그녀는 그를 반깁니다. 그를 홀립니다. 그녀는 언제나 아름답습니다. 새롭습니다. 신비합니다.

나에게도 그런 애인이 있습니다. 안양 살 때는 백운호수가 애인이었습니다. 학의천을 따라 호수에 다녀오면 한 시간, 섭섭해서 호수를 빙 둘러오면 두 시간입니다. 그 애인을 만나러 아마 1000번은 갔을 것입니다. 일주일에 평균 두 번을 갔다고 치면 1년에 100번이고, 10년에 1000번입니다.

화천에 와서는 읍에서 원천리 쪽으로 흐르는 북한강길이 애인 중의 애인입니다. 두 시간 거리인 이 길은 일주일에 한 번쯤 걷습니다. 이제 4년째이니 150번은 걸은 셈입니다. 언제 걸어도 이 길은 내 안으로 깊숙이 들어옵니다.

특히 '붕어섬' 앞을 지날 때는 나도 몰래 걸음을 멈춥니다. 저도 이곳을 찍은 사진이 100장은 됩니다. 하늘과 구름과 물과 나무가 녹아든 사진입니다. 왜 풍경이 다 비슷하냐고, 하늘과 구름과 물과 나무만 있냐고 물으신다면 그때 그 길에서 항상 새로웠다고, 또 걸음을 멈추고 바라볼 수밖에 없었다고 할 수밖에요.

제 블로그 이웃 중에는 양수리 두물머리가 애인인 분이 있습니다. '하늘정원'이라는 분인데 서로 만난 적은 없습니다. 하지만 그 또한 나와 같은 주파수 대역에 있습니다. 그가 블로그에 올린 「양수리 포토 에세이」는 어느새 390번째이군요. 햇수로는 9년입니다. 그는 말합니다.

그저 카메라를 들고 가지 않아도, 강물을 멀리 바라만 봐도,
막혔던 가슴이 뻥하고 뚫리는 것 같은 기분이 든다.
내 삶의 일부가 되어 버린 두물머리는 아무리 비워도 비워지지 않
는 샘물이 아닐까.

그가 찍은 두물머리 풍경도 비슷비슷합니다. 하지만 다 다릅니다. 다 새롭습니다. 그 사진은 갈수록 깊어집니다. 그것은 누구나 예사로 찍을 수 있는 풍경이 아닙니다.

그러니까 새로움은 어디 멀리 있지 않습니다. 무엇이든 진짜로 깊이 사랑하면 그것은 항상 새롭습니다. 매 순간 새롭게 피어나는 신비는 언제나 내 안의 사랑에서 비롯됩니다. 내 안에 사랑이 넘치는데 어찌 내 곁의 당신이 아름답지 않겠습니까?

하지만 가까운 곳에서, 익숙한 것에서 새로움을 발견하는 사람은 많지 않습니다. 자기 안에서 사랑의 신비를 깨닫는 사람은 드뭅니다. 마음은 언제나 더 좋은 것, 더 새로운 것, 더 아름다운 것을 찾아 먼 곳을 헤맵니다.

'지금 여기'가 아니라 '다음 저기'를 바라봅니다. '다음 저기'에 이르더라도 그 자리에 머물지 못합니다. 마음은 끝내 '지금 여기'를 만

나지 못합니다. '지금 여기'의 새로움과 신비를 놓칩니다. 공연히 멀고 먼 곳을 돌고 돕니다.

　나는 김영갑 갤러리에서 다시 한 번 그것을 깨닫습니다. 그는 나에게 속삭입니다.

　신비는 네 안에 있다.

　너의 사랑이 신비다.

　너의 영혼이 신비다.

　사랑에 젖은 영혼에게는 매 순간이 새롭다.

　너의 영혼을 마음의 감옥에 가두지 마라.

　욕망의 수렁에 빠뜨리지 마라.

　Thank you 영갑.

　My dear 영갑.

도시여 안녕!
제주냐, 화천이냐?

―――

제주냐, 화천이냐?

"도시여 안녕"이라고 외칠 때 나는 마지막까지 고민했습니다.

아! 제주로 가야 하는데, 첫눈에 나를 홀렸던 위미로 가야 하는 데…….

그러면서도 나는 강원도 산골로 왔습니다. 더 질기게 나를 끌어당기는 인연의 힘을 받아들였습니다. 나는 서울에서 태어나 서울에서 자랐습니다.

화천에 아무 연고가 없습니다. 친구도 없습니다. 군 복무를 한 것도 아닙니다. 하지만 아버지는 홍천 분이고, 어머니는 강릉 분이니 내 몸에 흐르는 강원의 피를 어떻게 거부하겠습니까? 그래서 나는 바다가 아니라 강으로 왔습니다. 산으로 왔습니다.

그 이후 마음 한 켠에 진하게 남아 있는 향수. 제주의 바다와 바람과 한라산과 오름과 억새와 햇살과 숲과 동백과 길…….

십여 년 전 아들과 제주를 여행할 때 나는 위미의 한 골목길에서 앗! 하며 차를 멈췄습니다.

'여기, 이곳은 내가 살 곳이다! 내 영혼이 머물고 싶은 곳이다!'

내 안에서 이런 말이 흘러나왔습니다. 그리고 재작년이던가. 화천으로 귀촌한 다음이었습니다. TV에서 흘러간 영화 「건축학 개론」을 보다가 나는 또 한 번 앗! 하며 숨을 멈췄습니다.

'저기는 위미 아닌가?'

그 영화 때문에 향수병이 도졌습니다. 제주가 너무 그리웠습니다. 어쩝니까. 가야지요. 나는 제주를 걷기로 했습니다. 속이 후련할 때까지 걷기로 했습니다. 떠난 애인을 잊으려 미국 대륙을 달리고 달렸던 영화 속의 주인공 포레스트 검프처럼!

지난해 제주 올레 길을 실컷 걸었습니다. 이른 봄에 1~7코스, 늦가을에 8~15코스를 걸었습니다. 거리로는 270km입니다. 올봄에 나머지 16~21코스를 다 걸으려 합니다. 올레, 그녀는 내 애인입니다.

1. 만나면 좋습니다. 헤어지면 섭섭합니다.

2. 보고 또 보고 싶습니다.

3. 아름답습니다.

4. 보일 듯 말듯, 잡힐 듯 말듯 애를 태웁니다.

5. 때론 짜릿합니다. 황홀합니다.

6. 한눈팔면 놓칩니다.

7. 나를 시험합니다. 빙빙 돌립니다.

8. 나를 변화시킵니다.

그녀는 청실홍실 치맛자락을 휘날리며 손짓합니다. 올래 말래? 나는 얼른 그녀를 쫓아갑니다. 그러나 잡히지 않습니다. 또 한 발짝 물러나 유혹합니다. 올래 말래? 그녀는 나를 홀립니다. 올레 홀릭!

올레를 다 걷고 나면 섭섭할 것 같습니다. 그러면 한라산에 오를 겁니다. 용눈이오름과 다랑쉬오름에 갈 겁니다. 비자림과 사려니 숲길을 걸을 겁니다. 제주에 사는 사람보다 더 많이 제주를 누빌 겁니다. 더 깊이 제주를 누릴 겁니다.

이효리도 살고, 장필순도 살고······. 나처럼 제주에 꽂힌 사람이 많습니다. 제주는 그만큼 아름답지요. 「나는 꼼수다」 콘서트의 기획자로 유명해진 탁현민. 그도 나처럼 제주에 홀리고 꽂힌 사람입니다.

그는 지난해 여름을 제주의 서쪽 바다에서 났습니다. 설렁설렁 두어 달을 지냈습니다. 놀러 온 사람인지 눌러앉은 사람인지 헷갈리는 모습으로 살았습니다. 이후에도 틈만 나면, 핑곗거리만 생기면 제주로 날아갔습니다. 그는 제주에 둥지를 틀고 싶습니다. 하지만 공연 연출을 업으로 홍대 거리에 발붙인 그로서는 먹고살 방법이 막막합니다. 그래서 작전을 바꿉니다. 서울을 제주처럼, 도시를 섬처럼 살기로 합니다.

'제주가 좋다고 느꼈던 것들인 욕심을 줄이는 것, 나누는 것, 아름다운 걸 찾아내는 것, 기다리는 것, 받아들이는 것, 그리고 젖어 드는 것, 그리고 자연에 가까운 삶의 방식들과 그 아름다운 풍경들, 그리고 사람들.'

그 모든 것을 도시에서도 똑같이 느끼고, 찾고, 해보기로 마음먹습니다. 그는 말합니다.

그러고 보니 해 지는 양화대교 위에서 보았던 풍경이 모슬포보다 아름다울 때가 있고, 마포에서 한강까지의 한강공원은 명월리에서 금능리까지의 산책로보다 걷기가 좋았다. 까치산에 올라 바라본 풍경은 금오름의 풍경만큼이나 흐뭇했고, 홍대 주변의 복잡한 골목길은 제주의 올레 길만큼이나 흥미진진했다.*

그렇습니다. 나 또한 같은 작전입니다. 나는 화천을 제주처럼 살려고 합니다.

지금 사는 곳에서 찾고, 보고, 젖으려 합니다. 가까운 곳에서 느끼고, 즐기고, 감동하려 합니다. 제주에 살아도 제주를 누리지 못하는 사람이 많습니다. 화천에 살아도 화천을 누리지 못하는 사람이 많습니다. 장소를 탓하는 사람은 어디를 가나 장소를 탓합니다. 언제나 무슨 이유가 있습니다.

그러니까 마음이 지옥이면 어디든 지옥입니다. 거꾸로 마음이 천국이면 어디든 천국이겠지요. 천국은 내 안에 있는 거겠지요. 중요한 것

―

지금 사는 곳에서 찾고, 보고, 젖으려 합니다.
가까운 곳에서 느끼고, 즐기고,
감동하려 합니다.

은 밖이 아니라 안, 저기가 아니라 여기, '여행의 기술'이 아니라 '존재의 기술'이겠지요. 'Being'이 행복이면 'Doing'은 무엇이든 행복하니까. 내 존재가 기쁨 속에 있으면 언제 어디서 무엇을 하든 행복하지 않을 이유가 없을테니까.

이 세상 최고의 보석 부자

이 아름다운 봄날

저녁 햇살에 강물이 여울져 빛난다.

물결마다 금물결 은물결 너울너울

산등성에 황금 노을 내리고 붉은 루비가 깔린다.

시시각각 색조를 바꾸는 저 장엄한 보석

밤이면 다이아몬드가 하늘에서 돋는다.

검은 주단 위에 점점이 박힌 빛

오늘은 하늘보다 별이 많다.

아침이면 풀잎마다 이슬이 앉는다.

눈부신 저 수정 구슬들

다이아몬드는 숲으로 내려와 햇살과 논다.

나는 보석 부자다. 보석 몇 개를 장롱 속에 모셔 둔 작은 부자가 아니다. 보석함을 가득 채워 금고 속에 숨겨 둔 시시한 부자가 아니다. 어마어마한 보석을 강과 산과 들과 하늘에 쫙 깔아 놓고 즐기는 천문학적인 부자다.

내 보석은 완전 무공해·무가공의 천연 보석이다. 어둡고 험한 동굴을 피땀으로 파헤쳐 얻어 낸 가슴 아픈 보석이 아니다. 캐낸 이와 다듬은 이와 소유한 이가 다른 탐욕의 보석이 아니다. 공장이나 실험실에서 공학적으로 만든 인공 보석이 아니다. 그럴 듯하게 진짜를 본 떠 만든 싸구려 모조가 아니다.

도시의 네온사인이 화려하고, 거리의 자동차 불빛이 눈부시고, 백화점의 샹들리에가 매혹적이라면 그것이 당신의 보석이다. 당신의 보석은 욕망의 문명 속에 가득한 인공 보석이다. 당신은 그 보석들 속에서 행복한가?

나는 내 보석들 속에서 행복하다. 내 보석은 가치를 매길 수 없다. 그것은 매길 수 있는 가치 이상이다. 내 보석은 가질 수 없다. 그것은 모두의 것이자 누구의 것도 아닌 소유 이상이다. 내 보석은 보고 즐기는 자의 것이다. 느끼고 감동하는 자의 것이다. 욕망의 질주를 멈춘 자의 것이다.

오늘도 엄청난 보석이 사방팔방 빛난다. 나는 그것들을 보고 즐긴다. 느끼고 감동한다. 오래 기다리지 않아도, 돈 한 푼 없어도, 지금 당장 보석 부자가 될 수 있다. 그것은 어렵지 않다. 보석은 내 가까이 셀

최고의 보석은 내 안에 있다.
내 영혼이 보석처럼 빛나면 세상에 보석 아닌 것이 없다.
나는 그것을 아나?

수도 없이 많다. 나는 보고 즐기기만 하면 된다. 느끼고 감동하기만 하면 된다.

보고 즐기고 느끼고 감동하는 마음의 힘, 그것이 보석 중의 보석이다. 그러니까 최고의 보석은 내 안에 있다. 내 영혼이 보석처럼 빛나면 세상에 보석 아닌 것이 없다. 나는 그것을 아나? 보고 즐기고 느끼고 감동하는 바로 그만큼 나는 안다. 보고 즐기고 느끼고 감동하는 바로 그만큼 나는 보석 부자다. 나는 아직 멀었다.

지구 놀이방

곽세라. 집시의 영혼을 가진 여자다. 1999년 그녀는 스물여섯에 삶을 바꾼다. 광고 회사 카피라이터 일을 접고 기한 없는 여행을 떠난다. '뇌의 즙을 짜내어 살아가던 나날들'을 뒤로 한다. 두 번째 삶은 집시다. 바람같이 가볍게 떠돈다. 인연 따라 흐른다. 마음 가는 대로 지구별을 누빈다. 그 길 위에서 '천국 FM'의 노랫소리를 듣는다. 춤추고 사랑하고 기적을 만난다. 그녀에게 삶은 놀이다. 지구는 행복하게 노닐다 가는 놀이방이다.

집시 16년 차. 그녀의 여행은 지금도 진행 중이다. 자칭 사설 독립 마녀, 인생을 절대로 심각하게 살 용의가 없는 사람들의 모임 회장, 세상에서 가장 활짝 웃는 여자. 그녀는 지금 이 순간에도 어디선가 활짝 웃고 있을 것이다. 신나게 놀고 있을 것이다. 팔랑팔랑 쏘다니며, 내

키는 그림을 그리며, 톡톡 튀는 글을 쓰며, 다가온 삶을 반기며, 아니면 아무것도 안 하며…….

이승을 떠나는 날 그녀를 잠시 지구 놀이방에 맡긴 분이 돌아와 "잘 놀았어?" 하고 물을 때 "응, 잘 놀았어, 정말 재미있었어!"라고 고개를 끄덕이기 위해. 그녀는 묻는다.

인생을 바꾸는 순례를 떠나려는가? 30cm만 움직이면 된다. 머리부터 가슴까지. 딱 힘을 뺀 한 발자국이다. 12년 전, 내가 온 존재를 걸고 내디뎠던 그 한 발자국의 여행은 내 삶의 배경 음악을 바꾸어 주었다. 그것은 춤곡이었고 그때부터 나의 삶은 춤이 되었다. 그러나 벼랑같이 깎아지른 수직 낙하다. 그 여행은. 그리고 한번 뛰어내리고 나면 이전 것은 기억되거나 마음에 생각나지 않을 것이다. 용기 있는 자, 뛰어내려 새 땅에 발을 디딜지어다. *

그녀처럼 온 존재를 걸고 머리에서 가슴으로 낙하해서 새 땅에 발을 디딘 사람들이 또 있다. 얼마 전 한 TV 프로그램에서 그런 두 분을 만났다.

한 분은 나이 50에 명퇴하고 6년째 세계를 여행 중인 전직 초등학교 선생님이다. 본명은 최순자, 별명은 '쨍쨍'이다. 별명처럼 햇볕 쨍쨍한 분위기다. 밝고 뜨겁고 스스럼없다. 옷도 알록달록 원색이 톡톡 튄다. 목소리도 쨍쨍하다. 애들하고 잘 노셨을 것 같다. 다음은 그 증거.

쟁쟁께 보내는 편지

쟁쟁! 저를 1년 동안 공부를 가르쳐 주셔서 고맙습니다.

저는 처음 쟁쟁을 만났을 때 '뭐 저런 선생님이 다 있노?' 하고 생각했습니다.

하지만 지금은 다릅니다.

쟁쟁 같은 선생님은 쟁쟁밖에 없을 것입니다.

쉬는 시간에 다른 반은 밖에 나가 놀지도 못 하지만 우리 반은 언제나 운동장에서 맑은 공기와 지저귀는 새소리를 들을 수 있습니다.

그뿐만이 아니라 즐겁게 뛰어놀 수 있습니다.

그리고 숙제도 '착한 일 하기' 이런 것이라 간편합니다.

쟁쟁, 참 고맙습니다.

나는 1학년 때 밖에 나가 놀지 않아서 몸이 약했는데 2학년이 되고 나서부터 몸이 튼튼해졌습니다.

쟁쟁께서 이렇게 제 몸을 튼튼하게 해 주셔서 고맙습니다.

쟁쟁은 의사보다 장합니다.

쟁쟁, 제가 어른이 되어서도 제 마음에 계실 것입니다. 이제 그만 쓸게요.

쟁쟁 사랑해요.

1993년 2월 22일

포항 송림국민학교 2학년 7반 영원한 쟁쟁의 제자 나리 씀

22년 전 장나리라는 아홉 살짜리 어린이가 학년을 마치면서 선생님께 보낸 편지다. 그 선생님은 너무 놀아 대학을 동기 520명 중에서 502등으로 졸업했다. 그러면 어떠리. 의사보다 장한 선생님이 되셨는데!

어언 장나리는 서른 살이 되었을 것이다. 그사이 선생님은 은퇴했다. 26년간의 교사 생활을 마감했다. 하지만 그녀는 여전히 쨍쨍하다. 쨍쨍하게 세상을 유랑 중이다. 발길 따라 50여 개 국을 누볐다. 그중 가장 좋아하는 하는 나라는 인도다. 그 나라가 너무 좋아 여덟 번을 갔단다. 집시 곽세라가 가장 좋아하는 나라도 인도다. 골수 여행자들을 끌어들이는 진한 매혹이 그 나라에 있나 보다.

쨍쨍은 즐겁게 산다. '그냥 즐겁게, 절대 인조잉(enjoying)!' 이것이 그녀의 좌우명이다. 삶의 철학이다. 그녀는 말한다.

내 인생을 한 마디로 표현하면 '즐겁게'다. 여행 목표도 없는데 자꾸 물어 보더라. 제발 묻지 말길 바란다. 어딜 갈지 모른다. 그냥 즐거우면 된다. 삶은 무조건 즐거워야 한다. 절대 인조잉!!

여행 루트, 예산 짜는 방법을 물으셔도 소용없어요. 터키에서 새로 사귄 친구를 따라 에티오피아에 가게 됐고, 길에서 만난 현지 사람들과 함께 마을 깊숙이 들어갔을 뿐이에요. 저는 오로지 재미를 따라갑니다.

절대 인조잉? 나는 힘들어 죽겠는데 너만 즐기냐? 너만 즐겁냐? 이런 질투가 날 수도 있겠다. 그렇다면 당신도 즐겨라. 머리에서 가슴으로 낙하하라. 사실 절대 인조잉은 나 혼자 즐기는 게 아니다. 나에게 즐거움이 넘치면 내 곁도 즐겁다. 쨍쨍 주변도 그렇다. 그녀에겐 팬이 많다. '쨍쨍 마니아'가 따른다. 쨍쨍은 즐겁게 살면서 즐거움을 나누고 있는 것이다. 행복 바이러스를 전염시키고 있는 것이다. 그녀는 요즘 제주에서 그 일을 하고 있다.

이제 또 한 분. 이분은 21년째 여행 중이다. 올해 마흔일곱. 남지우. 기타 하나 들고 발길 닿는 대로 떠돈다. 스물여섯 청춘에 길을 떠나 20여 개 나라를 유랑했다. 지금은 중국 리장(麗江)에 머물고 있다. 이유는 단 하나, 그곳에 내리쬐는 뜨거운 태양 때문이란다. 아름다운 고도(古都), 리장의 눈부신 햇살이 그를 붙잡고 있다.

무일푼으로 떠났으니 여비도 벌어야 한다. 호텔 종업원, 요리사 등등 할 수 있는 일은 다 했다고 한다. 그중 그에게 딱 맞는 일은 거리의 가수다. 길목에서 한 시간 기타를 치고 노래 부른다. 그러면 하루 먹고 잘 돈이 생긴다. 공치는 날도 있다. 경비에게 쫓겨나는 날도 있다. 그러면 또 어떠랴. 내가 좋아 노래 불렀는데! 노래와 함께 가슴에 자유가 가득 차오르는데!

그가 미로 같은 리장의 옛 골목길에 조그만 라이브 카페를 열었다. 손님이 없어도 그는 무대에 오른다. 오늘도 한 시간 노래를 부른다. 리장의 밤하늘에 울려 퍼지는 고독한 기타 소리를 따라가면 그를 만

날 수 있을까.

먹고 사는 일은 가능한 적게!

이것이 그의 생활 원칙이다. 하루 한 시간 일하고 나머지는 아낌없이 즐기자는 주의다. 아니 일하는 한 시간까지 모조리 즐기자는 주의다. 그는 "남에게 기대어 얻어 낸 안락한 삶보다는 스스로 만들어 가는 자유로운 삶을 찾고 싶었다"고 말한다. "내가 좋아하는 음악을 하며, 사랑하는 친구들과 지내는 지금이 인생의 황금기"라고 한다.

곽세라, 쨍쨍, 남지우.

이들은 생활 여행자다. 일상생활과 여행이 하나도 다르지 않다. 일터와 여행길, 생계비와 여행비가 일치한다. 삶의 현장과 여행의 현장이 똑같다. 한참 살다가 잠시 여행을 떠나고, 얼른 돌아와 다시 한참 살고가 아니다. 이들에게는 삶이 다 여행이고, 여행이 다 삶이다. 그래서 이들은 가볍다. 자유롭다. 즐겁다.

나도 이들처럼 가볍고 자유롭고 즐겁고 싶다. 삶과 여행을 하나로 합치고 싶다. 생활 여행자가 되고 싶다. 그러려면 머리에서 가슴으로 낙하해야 한다. 절대 인조잉해야 한다. 먹고 사는 일을 최대한 적게 해야 한다. 이 지침이 여전히 막연한가? 그렇다면 더 구체적인 행동 강령!

가방 두 개에 넣을 수 없는 것이면 소유하지 말라.

집시, 곽세라의 혼수다. 그녀는 "마피아는 10분 안에 버리고 도망갈 수 없는 것은 소유하면 안 되고, 집시는 가방 두 개에 넣을 수 없는 것은 소유하면 안 된다"고 한다. 누구든 가방이 두 개를 넘으면 떠나고 싶을 때 훌쩍 떠날 수 없다. 공항 카운터를 무사히 통과할 수 있는 짐은 트렁크 두 개까지다. 화물칸에 실을 큰 것 하나, 손에 들고 탈 작은 것 하나. 더 이상은 안 된다. 가방 두 개를 꽉 채우고도 욕심나는 게 있으면 바로 그만큼 덜어 내야 한다.

내 짐은 아주 많다. 무지 무겁다. 가방 두 개로는 턱도 없다. 이 많은 짐이 나를 붙잡는다. 내가 짐을 소유한 줄 알았는데 짐이 나를 소유하고 있다. 내가 물건을 쥐고 있는 줄 알았는데 물건이 나를 쥐고 있다. 나는 짐에 붙잡혀 있다. 짐에 갇혀 있다. 짐에 눌려 있다.

그래서 나는 떠나고 싶을 때 떠날 수 없다. 떠나고 싶은 것은 마음뿐이다. 떠나겠다는 것은 말뿐이다. 내 삶에는 여행이 없다. 소풍이 없다. 내 삶에는 생활만 있다. 나는 생활 여행자가 아니다. 그냥 생활자다. 나는 이곳에 머물지도 못하고 저곳으로 떠나지도 못한다. 나는 그저 이 자리에 붙잡혀 10년 20년 눙치고 있을 뿐이다.

따지고 보면 삶 자체가 여행이다. 요람에서 무덤으로 가는 여행! 하루하루 나이를 먹어 가는 여행! 한 칸 한 칸 지혜를 쌓아 가는 여행! 나는 그것을 아나? 진짜로 안다면 그에 맞게 살 일이다. 경쾌한 발걸음

먹고 사는 일은 가능한 적게!
가방 두 개에 넣을 수 없는 것이면 소유하지 말라.

으로 매일매일 미지 속으로 들어갈 일이다. 지구별을 놀이방 삼아 신나게 보고 배우고 느끼고 즐길 일이다. 욕망의 부스러기인 짐을 불려 짐에 붙잡히지 않을 일이다.

눈에 보이는 것만 짐이 아니다. 눈에 보이지 않는 마음의 짐도 짐이다. 이 짐도 자꾸 덜어 내야 한다. 마음의 짐이 무거우면 그 짐에 잡히고 갇히고 눌린다. 어디로 떠나는 것만 여행도 아니다. 어느 한 곳에 머물러도 언제나 새로움을 누린다면 그것도 여행이다. 마냥 떠돌아도 여기나 저기나 거기가 거기라면 오히려 그것이 여행이 아니다.

나 또한 여행자를 꿈꾼다. 삶 자체를 통째로 여행으로 삼아 날마다 여행을 떠나듯 가볍게 사는 생활 여행자를 꿈꾼다. 언제 어디서든 신비와 은총을 누리는 순례자를 꿈꾼다. 떠남과 머묾에서 자유로운 이런 이야 말로 진정한 영혼의 여행자 아니겠나. 그러니 내 짐을 가방 두 개에 담을 수 있게 줄이고 줄이자. 마음의 짐도 덜고 덜어 두 덩어리 이상 만들지 말자. 오로지 자유라는 이름의, 신이 만든 최고 명품 가방만 들고 다니자.

인생 나이와 관련한
몇 가지 질문

1.

내 인생에서 나이와 관련해 몇 가지 물어 보자. 먼저 쉬운 것부터. 하나, 나는 언제부터 할아버지?

지금 스물하나인 아들이 군대 갔다 와서 대학 졸업하고 일자리 잡은 다음 결혼하고 손자나 손녀를 낳아야 나는 할아버지가 된다. 그러려면 10년은 족히 남았다. 혹시 아들이 그전에 짝을 만나 속도위반을 하면? 그건 할 수 없지. 그건 아들의 인생이니까. 다만 환갑도 안 되어 할아버지가 되는 게 적이 섭섭하겠다. 다행히 아들의 행실을 보건데 그럴 가능성은 별로 없어 보인다.

요즘 남자들의 평균 결혼 연령은 서른둘이다. 멀쩡한 남자가 20대

청춘을 다 보내고 서른 줄에 들어 결혼을 한다는 것은 생물학적으로나 유전학적으로나 상당히 빗나간 것이리라. 남녀의 결혼 연령이 자꾸 늦어진다는 건 사회적으로도 문제가 많다는 증거다. 얼마나 결혼하기 겁나는 세상이면 선남선녀가 가정을 이루는 것조차 꺼릴까.

아무튼 아들이 남들처럼 서른둘에 결혼하고 이듬해 자식을 낳는다면 그때는 2027년이고 나는 만으로 예순여섯이다. 이쯤이면 할아버지 소리를 들어도 크게 섭섭하지 않을 것 같다. 내 이웃 중엔 쉰넷에 할아버지가 된 분도 계시니까. 나보다 세 살 위인 이분은 동안이어서 손녀를 딸이라 해도 의심하지 않을 것이다. 저분이 늦둥이를 두었나 하는 생각에 "아휴, 따님도 참 예쁘네요"라고 했는데 갑자기 그 늦둥이가 "할비, 할비"를 외치면 그것도 참 난처하겠다.

정리하자. 쉰넷이건, 예순여섯이건 내가 할아버지가 되는 건 나를 그렇게 부르는 손자 손녀가 생겼을 때부터다. 그전에 누구에게든 할아버지라 불러 달라고 청하는 일은 없을 것이다. 그렇다면 할아버지라 부르는 사람이 없으면 할아버지가 안 되나? 물론 안 되지!

둘, 나는 언제부터 노인? 글쎄, 애매하다. 버스나 지하철을 탔는데 빈자리가 없다. 누군가 눈을 마주치니 끙, 하고 일어난다. 그러면 나는 노인이다. 아무리 눈을 마주치고 째려봐도 꿈쩍 안 하면? 그러면 아직 노인이 아니다. 나는 정정하다. 이런 것도 답이 되겠다. 하지만 너무 애매하다. 딱 떨어지는 숫자가 없다. 다들 좋아하는 숫자로 답을 찾아보자.

늙어서 국민연금을 받는 나이는 65세다. 기초 노령연금을 받을 수 있는 나이, 노인 복지시설을 이용할 수 있는 나이, 형편이 어려운 노인들의 병간호를 나라에서 도와주는 나이도 65세다. 지하철을 공짜로 타는 '지공선사'가 되는 나이 또한 65세다. 즉, 법으로 치면 노인은 65세부터다. 노령화지수를 계산할 때 기준으로 잡는 나이도 65세다. 65세 이상 인구를 0~14세 인구로 나눈 값이 노령화지수다. 우리나라는 지금 이 지수가 너무 빠르고 가파르게 뛰어서 문제다. 국민들의 생각은 어떨까? 보건복지부가 2012년 우리나라 사람들에게 언제부터 노인이라고 생각하느냐고 물어본 결과는 66.7세다.

정리하자. 노인복지 제도로나 국민 의식으로나 적어도 예순다섯은 되어야 노인 축에 들게 된다. 하지만 노령화가 심화되고 노후가 길어질수록 65세 기준점은 더 뒤로 물러날 것이다. 그게 20, 30년 뒤에는 70은 되지 않을까. 그러니까 내가 예순다섯이 되어서 노인입네 하면 '아직 젊으니 5년 뒤에 오라'는 식으로 퇴짜를 맞을 수도 있다. 헐, 노인 되기도 쉽지 않네.

셋, 내 인생은 몇 년? 요즘은 여든은 되어야 평생 온전히 살았다고 쳐 준다. '인생 80년'인 셈이다. 여든 너머는 덤이다. 이 덤을 챙기는 분이 늘어나 아흔을 넘기는 분이 많아지면 그때는 '인생 90년'이 되겠지. 그때가 머지않은 것 같다.

그래서 나에게 인생은 90년이다. 나는 예순여섯에 할아버지가 되고 이후 아흔까지 황혼을 즐겨야겠다. 욕심이 많다고? 하하, 나는 욕심이 많다. 하지만 내가 진짜 아흔이 되면 그때는 70부터 노인이고 이후 여생이 20년은 족히 될 것이다. 나는 욕심이 많은 게 아니라 남들만큼 살려는 것이다. 내가 남들만큼 아흔까지 살아야 '100세 시대'도 빨리 열릴 테니까.

넷, 나는 언제부터 노년? '언제부터 할아버지'와 '언제부터 노인'이란 질문과 비슷하다. '할아버지 = 노인 = 노년'이 될 때가 있다. 그때는 확실히 늙었을 때다. 하지만 그전에는 제각각 답이 다를 수 있다.

앞서 내 인생은 90년이라 했으니 이를 기준으로 나의 노년을 따져보자. 먼저 90년을 3등분한다. 그중 첫 번째 30 아래는 초년이다. 두 번째 30 넘어 60 아래는 중년, 세 번째 60 넘어 90까지는 노년이다. 노년도 다시 3등분해서 60대는 초로, 70대는 중로, 80대는 말로라 하자. 초년은 10대 아래가 유년, 10대가 청소년, 20대가 청년이다. 30대, 40대, 50대는 뭐라 할까? 이 중년의 시기는 조금 애매하다. 굳이 나눈다면 30대는 신참, 40대는 중참, 50대는 고참이다. 30대는 신입, 40대는 간부, 50대는 임원이다.

이렇게 인생을 나누니 현실감이 있다. 단계가 맞는 것 같다. 동의한다면 60부터 노년이라는 것을 잊지 말자. 60이면 본격적으로 늙음이 시작된다. 나는 초로에 들고 중로를 지나 말로로 갈 것이다. 그러니까 예순이 되면 늙음을 인정한다. 이제 그만 '젊은 오빠'의 꿈을 접는다. 서린 내린 머리와 주름진 얼굴과 달리는 기력을 감추지 않는다. 노년이 되어서도 자꾸 젊다고 우기면 오버한다. 철 지난 젊음에 매달려 이름다운 노년을 놓친다.

젊음만 내세우고 늙음은 뒷전으로 숨기는 것, 젊음만 예우하고 늙음은 홀대하는 것, 그것이 '에이지즘(ageism)'이다. 나이 차별, 노인 차별이다. 늙은이조차 늙음의 의미를 모르고 늙음을 숨기기 바쁘면 '노년의 미학'이 사라진다. 에이지즘은 더욱 기승을 부리고, 나는 결국 쓸쓸한 뒷방 늙은이로 밀려난다.

다섯, 내 인생의 반환점은 언제? 인생은 마라톤이다. 반환점에서 되돌아간다. 전반에는 출발선에서 멀리 나아간다. 후반에는 결승선으로 가까이 다가간다. 전반에는 채우고 늘이고 끌어모은다. 후반에는 비우고 줄이고 나눈다. 전반에 올라가고, 후반에 내려온다. 그래야 비롯된 곳으로 돌아갈 수 있다.

나에게 반환점은 50이었다. 나는 50에 사표를 내고 귀촌했다. 터전을 도시에서 시골로, 문명에서 자연으로 바꿨다. 그에 맞게 사는 방식도 바꿔야겠다. 채우고 늘이고 끌어모으기에서 비우고 줄이고 나누기로, 올라가기에서 내려가기로, 소유에서 존재로. 힌두교에서는 인생을 25년 단위로 나눠 스물다섯에 부모를 떠나 독립하고, 쉰에 가정과 일을 떠나 내면의 여행을 시작하고, 일흔다섯에 나를 떠나 신을 만나라 한다. 나에게 50은 이런 의미다.

일본의 저명한 철학 교수인 나카무라 유지로도 비슷한 제안을 한다. '인생 70년'이 '인생 80년'으로 늘어났으니 그에 맞게 성년을 25세로, 인생의 반환점을 50세로, 활동 정지의 시기를 75세로 하자고 한다. 그는 불혹(不惑)의 나이도 40에서 50으로 10년 늦춰 잡는다. '세상으로 내달리는 유혹을 접고 나에게로 발길을 돌리는 인생의 반환점'이 50이고 불혹이라면 나는 동의한다.

인생의 반환점을 놓치면 곤란하다. '90년 레이스'를 온전하게 마무리할 수 없다. 반환점에는 신호가 있다.

어느 날 갑자기 작은 글씨가 보이지 않는다. 눈이 침침하다. 머리가 희끗하다. 머리카락이 빠진다. 금세 숨이 찬다. 자꾸 깜박깜박한다. 이런 중년의 신호를 주시하라. 모두 반환점 근처에서 나오는 신호다. 이때부터는 속도를 높이지 않는다. 페이스 조절에 들어간다. 잘나간다고 내쳐 달리면 반환점을 놓친다.

나는 50에 발길을 돌렸다. 돌아선 방향으로 남은 40년 잘 달리면 내 인생의 마라톤이 완성된다. 내 삶의 사이클이 온전하게 만들어진다.

마지막, 내 나이에 맞는 나잇값은? 이게 가장 어려운 질문이다. 남들만큼 살되 나잇값을 제대로 해야겠는데 이 나잇값이 머릿속에 잘 그려지지 않는다.

나잇값이란 나이를 잘 먹어서 나이만큼 철이 든 것이다. 늙은 만큼 성숙한 것, 묵은 만큼 발효된 것, 아는 만큼 지혜로워진 것이다. 나는 50을 불혹으로 하고 인생의 반환점으로 삼았으니 지금부터라도 나이를 잘 먹어 나잇값을 해야겠다.

2600년 전 공자의 나잇값은 40 불혹에서 50 지천명(知天命), 60 이순(耳順), 70 종심(從心)으로 진도를 냈다. 나는 50이 불혹이니 60 지천명, 70 이순, 80 종심이 되려나. 60에 하늘의 뜻을 알고, 70에 귀와 마음의 순해지고, 80에 모든 언행이 도에 어긋나지 않는 경지에 이르려나. 그건 어렵겠다. 그래도 염두에 두자. 그리고 지금부터 나이를 잘 먹자. '웰 에이징'하자. 그러면 얼마만큼 철이 들어 어느 지점에 이르는지 살펴보자.

탄트라 식으로 나잇값을 따져 볼 수도 있다. 탄트라 수행에서는 생명의 성 에너지(Kundalini)를 깨우고 일으켜 세워 가장 높은 차원으로 끌어올린다. 그것은 일곱 칸의 사다리를 오르는 것과 비슷하다. 첫째 칸(척추 아래)부터 차례로 올라 마지막 일곱째 칸(정수리)의 깨달음에 이른다.

1. 척추 아래 첫 번째 차크라(몸으로 치면 회음)에 웅크린 성 에너지는 먹고 마시고 생존하는 데 몰두한다.

2. 성 에너지가 두 번째 차크라(하단전, 배꼽 아래)로 오르면 성적인 성숙과 감정적인 성장이 이루어진다. 제대로 성장하면 사랑, 자비, 용기, 친밀함이 자리 잡는다. 미숙하면 두려움, 미움, 분노, 폭력에 사로잡힌다.

3. 세 번째 차크라(중완)에서는 지성이 자란다. 제대로 자라면 신뢰와 이해가 싹튼다. 미숙하면 의심과 생각에 휩싸인다.

4. 네 번째 차크라(중단전, 가슴)에서는 영적인 각성이 시작된다. 제대로 각성하면 존재의 실체를 보고 진리를 깨우칠 수 있다. 아니면 심령의 세계에서 길을 잃고 방황한다.

5. 다섯 번째 차크라(목)에서는 가짜 나(ego)를 넘어 진짜 나(ātman)에 이른다.

6. 여섯 번째 차크라(상단전, 이마)에서는 진짜 나(아트만)와 신(브라흐만)이 하나 된다.

7. 마지막 일곱 번째 차크라(백회)에서는 신마저 사라진다. 아무 말도 할 수 없는 절대적인 공(空), 완전한 열반(nirvāna)을 완성한다.

애기가 조금 복잡해졌다. 인생은 먹고 마시고 생존하는 단계에서 출발해서 감성과 지성을 키우고 영혼을 일깨워 나를 깨닫고 신의 경지에 이르는 것이라고 정리하자.

여기서 가장 중요한 분기점은 영적인 각성이 시작되는 네 번째 차크라다. 이 지점은 일곱 개 차크라의 정중앙이다. 밑에서 세 칸 올랐고, 위로 세 칸 남았다. 단전으로는 중단전, 몸으로는 가슴에 해당한다. 내 인생으로 치면 반환점이다. 50, 불혹이다. 그러니까 반환점을 넘어서는 가슴으로 살아야 한다. 마음에 꽉 찬 욕심을 비워야 한다. 경쟁하고 시비하고 분별하는 것을 삼가야 한다. 대신 감싸 안고, 감사하고, 감동해야 한다. 그래야 네 번째 차크라를 넘어 지혜의 나라에 이를 수 있다.

탄트라에서는 에너지가 성숙하고 상승하는 주기도 7년이다. 생명에너지가 아래로부터 제대로 성장하면 7년에 한 칸씩 올라 50즈음 일곱 번째에 이른다. 이건 평생 완전하게 수행해서 빈틈없이 에너지를 끌어올릴 때 일어나는 일이다. 나로서는 어림없다. 부질없이 에너지를 쏟으며 하세월 허비하지 않았던가. 그래도 염두에 두자. 그리고 지금부터 나이를 잘 먹자. '웰 에이징'하자. 그러면 얼마만큼 철이 들어 어느 지점에 이르는지 살펴보자.

2.

1945년 8월 15일생, 원조 해방둥이인 서사현 삼성생명 은퇴연구소 고문. 고위 공무원에 오르고 공기업 사장을 지낸 그는 예순다섯에 죽기 전에 하고 꼭 하고 싶은 일들을 꼽아 본다. 그 '버킷 리스트'의 첫 번째가 공부하기다. 그래서 예순 중반에 대학원에 진학하고 사회복지학을 전공한다. 그게 인연이 되어 삼성생명에서 또 일을 한다. 이 일은 더 벌고 더 내달리기 위한 것이 아니다. 자기 안에 쌓인 것을 나누고 베풀기 위한 것이다. 그는 "나누고 비우고 양보하며 줄여 가는 것, 그래서 작아지고 낮아져서 점점 땅에 가까워지는 것, 그것이 늙음"이라고 말한다.

그는 '명품 노인'이 되려면 사람, 돈, 건강, 일, 시간이라는 다섯 가지 요소가 적절한 균형을 이뤄야 한다고 조언한다.

주변을 둘러보면 이 다섯 가지 요소의 균형이 깨져서 나머지 네 가지도 제대로 작동을 못 하는 사례를 쉽게 찾아볼 수 있다. 가족은 화목하지만 너무 가난해서 고통받는 사람, 돈은 많지만 주변에 사람이 없어서 외로운 사람, 돈도 있고 주변에 사람도 있지만 정작 자신은 병들어 꼼짝도 못 하는 사람, 할 일도 소일거리도 없어서 무력감에 사로잡힌 채 집 안에만 틀어박혀 지내는 사람 등 옆에서 보면 남부러울 것 없는 사람도 정작 자신이 만족하지 못하는 경우가 얼마든지 있다. *

그는 "다섯 가지 요소 중 하나라도 갖추어지지 않으면 나이가 들수록 스트레스가 커지고 답답해진다는 사실을 기억하고 일찍부터 이들 요소를 균형감 있게 준비하라"고 당부한다.

사람과 돈과 건강과 일과 시간을 모두 가진 명품 노인! 어휴, 이것도 어렵겠다. 나는 돈도 조금, 사람도 조금, 일도 조금이다. 몸은 약골이고 시간만 넉넉하다. 이러다간 늙고 병들고 외로운 '노후 난민'이 되겠다. 그렇다고 포기할 순 없지. 중요한 것은 양보다는 질이다. 크기보다는 균형이다. 적더라도 내용이 충실하고 조화를 이루면 나로선 최선이다. 적은 것에 만족하고 기쁘게 누릴 수 있으면 나로선 '명품'이다.

1958년생 개띠 누나, 겁 없이 지구촌 오지를 쏘다니는 젊은이들의 멘토 한비야. 국제 NGO 월드비전의 긴급 구호 팀장까지 맡아 세계 곳곳의 위험한 재난 현장을 누볐던 그녀가 진짜 두려워하는 게 있다. 바로 '후지게 나이 먹는 것'이다.

그녀가 '저렇게 나이 먹지 말아야지' 하며 경계하는 모습은 두 가지

나누고 비우고 양보하며 줄여 가는 것
그래서 작아지고 낮아져서 점점 땅에 가까워지는 것
그것이 늙음이다.

다. 하나는 '내가 왕년에는'을 말머리로 삼아 옛날이야기를 하고 또하는 사람, 자기 생각과 경험이 세상 전부이고 진리라고 믿는 사람이다. 또 하나는 자기 손에 있는 것을 쥐고만 있는 사람이다. 그녀는 "닮지 말아야 할 이 두 가지 모습을 늘 염두에 두면서 내 식으로 나이를 먹고 싶다"고 말한다.

나이가 들면 들수록 움켜쥐고 베풀지 못하는 사람은 추하고 초라하여 딱해 보인다. 명색이 구호팀장이었는데, 그렇게 나이 들면 절대로 안 된다. 그래서 난 '주자학파'가 될 생각이다. 내가 가진 경험이든 돈이든 시간이든 에너지든 기꺼이, 아낌없이 나눠 '주자'는 주자학파! 내가 생각해도 멋진 이름이다.*

누구나 인생은 낯설다. 빛나는 젊음도, 빛바랜 늙음도 다 첫 경험이다. 리허설이 없다. 재방송도 없다. 특히 노년은 인생 드라마의 마지막 회다. 잘못하면 만회할 길이 없다. 그것으로 종 치고 끝난다.

그러니까 나이가 들수록 정신 똑바로 차려야 한다. 나이만큼 철들어 제 나잇값을 해야 한다. 노령화 추세가 너무 빨라 '누가 언제부터 노인인지' 기준점이 헷갈리고, '노인이면 어때야 하는지' 나잇값도 헷갈린다. 이런 분위기에 휩쓸려 아차 하면 나이만 먹고 나잇값은 못하는 철부지 노인이 된다. 노욕으로 가득 찬 노추가 된다.

잘사는 삶은 웰빙에서 웰 에이징으로, 웰 에이징에서 웰 다잉으로 간다. 이 리듬에 맞춰 인생의 반환점을 돌면 웰빙 모드를 웰 에이징 모드로 바꾸고 나잇값을 해야 한다. 이어 노년을 맞고 초로와 중로를 지나면 웰 에이징 모드를 웰 다잉 모드로 바꾸고 떠날 준비를 해야 한다. 말로가 되면 더 이상 삶에 집착해 인생을 고단하게 늘리면 안 된다.

이제는 아름답게 마무리할 때다. 내가 비롯된 곳으로 돌아갈 때다. 모든 걸 비우고 인생 사이클을 완성할 때다. 이것이 나의 마지막 나잇값일 것이다.

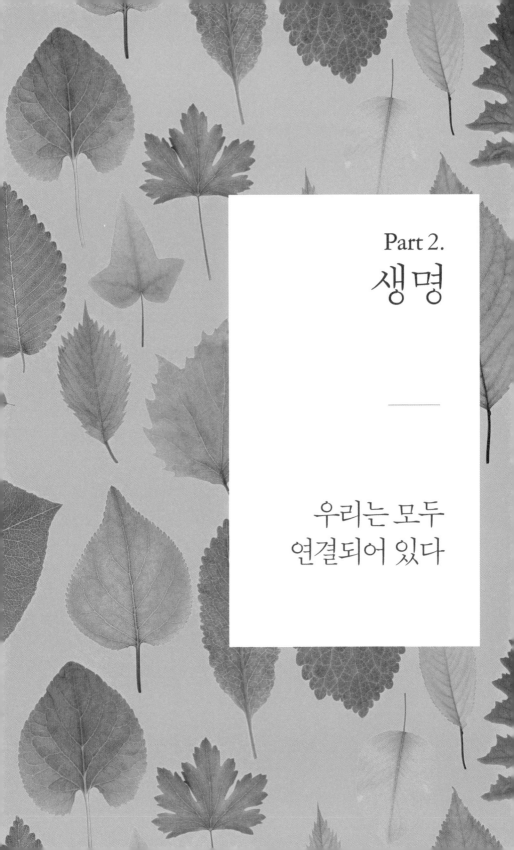

Part 2.
생명

우리는 모두
연결되어 있다

나무를 껴안는 사람

'Tree hugger.'

나무를 껴안는 사람이다. 나무와 가슴과 체온을 나누는 사람이다. 나무를 느끼고 아끼고 보듬는 사람이다. 나는 나무를 껴안아 보았나? 아니, 흉내만 냈다. 시늉만 했다.

식물학자 조안 말루프. 그녀의 별명이 'Tree hugger'다. 그녀는 진짜 나무를 껴안는다. 나무와 가슴과 체온을 나눈다. 나무를 느끼고 아끼고 보듬는다.

생태학을 가르치는 그녀의 연구실은 숲이다. 숲에서 일어나는 일들이 그녀의 연구 대상이다. 그녀는 얼마나 많은 생명들이 나무와 어떤 관계를 맺고 더불어 살아 가는지 자세히 들여다본다. 그녀의 결론은 분명하다. 모든 것은 연결되어 있다!

식물학자로서 그녀는 그것을 다음과 같이 설명한다.

우리가 양버즘나무(플라타너스) 한 그루를 벨 예정이라면 어쩌면 그 나무 위에서 자신의 꿈을 찾게 될 아이 하나와 최소한 다섯 종류의 곤충을 잃게 된다는 사실을 인식해야 한다. *

소나무를 더 많이 심는다면 아마 호랑가시나무는 지금보다 훨씬 더 많이 희생될 것이다. 그리고 호랑가시나무가 줄어들면, 호랑가시나무 열매도, 깔따구도, 신비스러운 진균류도, 굴나방도, 오피어스도, 새들도, 멋진 크리스마스 장식도 줄어들 것이다. 모든 것은 연결되어 있다, 모든 것은 연결되어 있다……. **

'Tree hugger'에는 급진적인 환경운동가라는 의미가 포함되어 있다고 한다. 그러나 그녀에게 '급진적'이라는 딱지는 적절치 않다. 그것은 편을 가르는 사람들의 것이다. 모든 것이 연결되어 있음을 아는 사람은 편을 가르지 않는다. 그는 평화적이다. 영적이다. 겸허하다. 그런 자세로 그녀는 숲 생태학자 찰스 보든의 말을 전한다.

나는 생태학이라고 하는 거대한 집을 탐색하고 있다. 탐색하는 내 손엔 정교하게 그려진 지도가 들려 있다고 언제나 생각하지만 집 안 구석구석을 돌아다니다 보면 미로에 빠져 가장자리만 맴돌고 있음

당신은 생태맹이 아닌가?
뭇 생명에 눈멀지 않았나?
살아 있는 것들의 영혼에 무지하지 않은가?

을 맨 나중에야 알게 된다. 난 결국 중심으로는 단 한 발짝도 들어가지 못했다. 숲은 우리가 결코 대답하지 못할 질문이다.*

그런 숲이 마구잡이로 잘려 나가고 있다. 사적 이윤과 개발 논리에 밀려 대책 없이 망가지고 뭉개지고 있다. 그녀가 사는 동네라고 예외일 수 없다. 미국 메릴랜드의 작은 마을에 있는 아름다운 숲을 정부가 사들여 공원을 만들겠다고 나섰다. 문제는 원시림을 이룬 숲의 나무를 베어 자금을 마련하겠다는 것.

그녀에게 공원은 숲이 아니다. 숲은 단지 나무로만 이루어진 곳이 아니기 때문이다. 그녀는 공원에 반대한다. 그러나 피켓을 들진 않았다. 대신 사람들을 모아 숲 속 나무 하나하나에 9·11 테러 희생자들의 이름표를 걸었다. 시 당국은 '9·11 추모의 숲'으로 다시 태어난 나무들을 벨 수 없었다.

태국의 피탁 스님도 비슷한 방법으로 숲과 나무를 지킨다. 태국의 숲 파괴는 심각하다. 무분별한 개발로 나라 전역에서 대규모 삼림 훼손과 벌채가 가속화되고 있다. 스님은 이 숲을 지키기 위해 나무에게 수계(受戒) 의식을 진행한다. 신도들에게 계를 주듯 나무에게도 계를 주고 주홍색 샤프란 승복을 둘레에 감아 준다.

스님은 "자본주의 경제 개발과 소비주의가 만연된 결과로 태국 전역이 개발되고 있는데, 그 바탕에는 고통의 뿌리인 무지와 탐욕이 자리하고 있다"고 말한다.

자연과 생명에 대한 무감각과 무지를 흔히 '생태맹(ecological ill-iteracy)'이라고 한다. 문맹, 컴맹만 문제가 아니다. 생태맹은 더 문제다. 도시에 탐욕에 홀리고 문명의 편리에 물들어 자연에 눈먼 사람은 건강할 수 없다. 행복할 수 없다. 나무를 껴안고 숲을 지키는 사람들은 나에게 묻는다. 당신은 생태맹이 아닌가? 뭇 생명에 눈멀지 않았나? 살아 있는 것들의 영혼에 무지하지 않은가?

나무와 나

———

나무와 나는 형제다. 우리는 한날 한시에 한곳에서 나왔다. 138억 년 전 조그만 우주 알이 꽝, 하고 터질 때 같이 태어났다.

그때 집을 나서 먼 여행을 떠난 우리가 다시 만난 건 언제였던가? 불덩어리 지구가 잦아들어 이산화탄소로 가득할 때 너는 이 땅에 왔다. 너의 숨결로 지구에 산소가 넉넉해질 즈음 나도 이 땅에 왔다. 우리는 그렇게 다시 만나 둘도 없는 형제가 됐다. 지구별에서 너는 형이고, 나는 아우다.

너는 위대했다. 너는 지구를 식히고, 이산화탄소를 가두고, 물을 거르고, 땅을 길들였다. 네가 있어 나는 산다. 나는 네가 뿜어낸 산소로 숨을 쉰다. 네가 키운 잎과 열매, 씨와 뿌리를 먹는다. 너의 몸으로 집을 짓고 불을 지핀다. 네가 땅속에 가둔 탄소로 풍요를 누린다. 석탄을 꺼내 산업혁명을 일으키고, 석유를 꺼내 문명의 탑을 쌓아 올린다. 삼림과 밀림을 베어 내 배를 불린다. 너는 정말 아낌없이 주는 나무다. 생명의 나무다.

아우는 욕심 사납다. 끝도 없이 탐한다. 지구가 헐벗도록 너를 다 베어 내야 나의 탐욕도 끝이 날까. 네가 몸을 묻어 땅속에 고이 쟁여 놓은 탄소를 모조리 탕진해야 정신이 번쩍 날까.

내가 사는 이 작은 나라에만 2000만 대의 자동차가 굴러다닌다. 미국에는 2억 5000만 대, 일본에는 7500만 대의 자동차가 매연을 뿜는다. 이 많은 자동차들이 기름통을 비울 때마다 땅속의 탄소 잔고는 줄고, 대기 중의 이산화탄소는 불어난다. 지구는 심한 멀미에 몸을 떨고 있다. 체온이 오르고 열이 들떠 곳곳에서 이상 징후가 심상치 않다. 빙하가 녹고, 바다 수위가 오르고, 산성비가 내리고, 오존층에 구멍이 뚫렸다. 이 길로 더 가면 그 옛날의 불덩어리 지구인가.

나는 오늘 숲으로 간다. 나뭇잎 사이로 햇살 스치는 오솔길을 걷는다. 그루터기에 앉아 편히 쉰다. 숲 그늘에서 누워 단잠을 잔다. 나와 나무는 숨결을 나눈다. 이산화탄소와 산소를 주고받는다. 나무는 나에게 속삭인다. 형제여, 내 곁에서 행복하라. 나와 더불어 평안하라. 나 또한 나무에게 속삭인다. 나무여! 내 형제여! 나를 용서하라. 나의 탐욕을, 나의 무지를 용서하라.

미타쿠예 오야신

나는 얼마나 자연과 가깝나?

얼마나 깊이 자연을 느끼나?

인디언들은 부족마다 달에 붙이는 이름이 달랐다. 1월, 2월, 3월⋯ ⋯. 이런 식이 아니었다. 1월의 이름은 1월을 특징짓는 것, 그것이 내 마음에 남기는 흔적 같은 것이었다.

다음은 그 이름들이다. 여러 이름 가운데 비교적 쉽게 그달이 연상 되는 것으로 두세 개씩 골랐다. 무작위로 배열했으니 순서대로 맞춰 보자. 많이 맞출수록 당신은 자연과 가까운 사람이다. 자연을 깊이 느 끼는 사람이다.

1. 마음을 움직이게 하는 달 / 강풍이 죽은 나뭇가지를 쓸어가 새순 돋는 달.

2. 모두 다 사라진 것은 아닌 달 / 물이 나뭇잎으로 검어지는 달 / 샛강 가장자리가 어는 달.

3. 천막 안에 앉아 있을 수 없는 달 / 풀 베는 달 / 조금 거두는 달.

4. 나뭇잎 짙어지는 달 / 산딸기 익어 가는 달 / 옥수수 수염 나는 달.

5. 산이 불타는 달 / 양식을 갈무리하는 달 / 첫서리 내리는 달.

6. 뽕나무 오디 따 먹는 달 / 구멍에다 씨앗 심는 달.

7. 풀이 마르는 달 / 어린 밤 따는 달 / 도토리묵 해 먹는 달.

8. 머리맡에 씨앗을 두고 자는 달 / 잎사귀가 인사하는 달 / 생의 기쁨을 느끼게 하는 달.

9. 침묵하는 달 / 무소유의 달 / 하루 종일 얼어붙는 달.

10. 강에 얼음이 풀리는 달 / 홀로 걷는 달 / 나무들 헐벗고 풀들은 눈에 안 띄는 달.

11. 옥수수가 은빛 물결을 이루는 달 / 다른 모든 것을 잊게 하는 달 / 모두 다 익어 가는 달.

12. 마음 깊이 머무는 달 / 추워서 견딜 수 없는 달 / 바람 속 영혼들처럼 눈이 흩날리는 달.

답은 위에서부터 3월, 11월, 7월, 6월, 10월, 5월, 9월, 4월, 12월, 2월, 8월, 1월이다.

인디언의 종교는 대자연이었다. 하늘과 땅이었다. 강과 산과 들이었다. 자연은 위대한 정령이었다. 위대한 신비였다. 모든 인간은 어머니 대지의 자식이었다. 모든 생명은 어머니 대지의 품에 안긴 형제자

매였다.

"미타쿠예 오야신!"

다코타 족 인디언의 인사말이다. '모든 것이 하나로 연결되어 있다'는 뜻이다. '모두가 나의 친척'이란 뜻이다. 식물학자 조안 말루프가 평생 연구하면서 깨달은 결론 ─ '모든 것은 연결되어 있다' ─ 을 그들은 그냥 다 알았다. 그것은 결코 연구로 깨달을 것이 아니기에. 테톤 수우족 인디언 '서 있는 곰'은 말한다.

위대한 정령 와칸탕카가 이 세계의 모든 산 것들에게 생명의 힘을 불어넣었다. 평원에 핀 꽃, 그곳에 불어 가는 바람, 바위와 나무와 새, 들짐승, 이 모두가 똑같은 생명의 힘을 나누어 갖고 있다. 그리고 똑같은 힘이 최초의 인간에게도 숨을 불어넣었다. 우리는 그것을 '위대한 신비'라고 불렀다. 모두가 한 부족이었다. 대지와 하늘 사이에서 숨 쉬는 모든 생명체가 한 친척이었다.*

나는 그것을 아나? 대지와 하늘 사이에서 숨 쉬는 모든 생명체가 내 친척임을 아나? 다음은 환경학자 데이비드 오어의 생태맹 감별법을 갈무리한 것이다.

1. 우리가 살고 있는 세계가 얼마나 신비하고 오묘하고 풍성한지 느끼지 못하는 상태

2. 자연과 함께 살아가는 데 필요한 지혜와 정서와 교감이 얼마나 중요한지 모르는 상태

3. 자연이 지닌 아름다움을 감상할 능력이 결여된 상태

4. 인간이 자연과 떨어질 수 없는 밀접한 관계임을 인식하지 못하는 상태

5. 동료들로부터 배척당할 염려 때문에 아주 좁은 전문 분야에만 시야가 갇혀 더 넓게 바라보고 생각하지 못하는 상태

6. 교육의 장이 교실과 도서관, 실험실, 체육관, 컴퓨터실 등 인공적으로 구축된 실내로 국한된 상태

7. 아스팔트와 시멘트로 만들어진 도시의 인공 환경을 당연시하는 상태

8. 하루 한 걸음도 흙을 밟지 않는 삶을 정상적인 것으로 인식하는 상태

뜨끔하다. 남의 이야기가 아니다. 나와 내 아이들의 이야기다. 우리는 문명 공해 가득한 인공의 숲에 갇혀 자연과 생명에 눈이 멀었다. 자연과 조화롭게 어울릴 수 있는 감성을 잃어버렸다. 자연에 무지하고 무감각해졌다. 얼마나 그런지 다른 문제를 풀어 보자.

다음은 조금 더 실용적인 생태맹 감별법. 인천 월미공원에서 우연히 마주친 안내판 문구다. 아래 질문 가운데 다섯 개 이상 답하지 못하면 생태맹이다.

1. 소나무와 잣나무를 구별할 수 있다.

2. 개구리와 뱀의 차이를 설명할 수 있다.

3. 지금 내가 먹는 물은 2억 5000만 년 전 공룡의 오줌일 수도 있음을 이해할 수 있다.

4. 개나리는 잎보다 꽃이 먼저 피는 사실을 알고 있다.

5. 우리나라 자생 나무 이름을 20종 이상 알고 있다.

6. 우리나라 야생 조류(새) 이름을 20종 이상 알고 있다.

7. 참나무에는 상수리나무, 졸참나무, 굴참나무 등 많은 종류가 있다는 사실을 알고 있다.

8. 진달래와 철쭉을 구별할 수 있다.

9. 3월이면 냉이의 꽃이 핀다는 사실을 알고 있다.

10. 지구 온난화가 지속되면 우리 마을 숲을 구성하는 나무의 종류가 달라질 수 있음을 안다.

자연과 생명에 무지한 생태맹들의 전성시대다. 그러나 지구가 감당할 수 없는 반생태적 문명은 반드시 망한다. 지속 불가능하다. 그 파국은 나로부터 비롯될 수 있다. 나 또한 생태의 한 부분, 생명의 한 조각, 자연의 한 숨결이기에. 우리는 모두 하나로 연결되어 있기에. 미타쿠 예 오야신!

하늘을 입은 사람들

벌거벗은 몸으로 세상을 떠도는 사람들이 있다. 속옷조차 입지 않은 완전 맨몸이다. 털채 같은 것 하나만 달랑 들고 있다. 그것으로 조심조심 발치나 앉을 자리를 쓸곤 한다.

인도 자이나교 수도승이다. 그들은 어떠한 생명도 해치지 않겠다는 서원을 지킨다. 그것은 지독한 고행이다. 다큐멘터리 「하늘을 입은 사람들」은 그들을 다뤘다. 여기에 나오는 한 수도승의 모습을 보자.

데비시 사가라지. 세속의 일을 모두 마치고 예순아홉에 출가했다. 대지주이자 성공한 재력가로 아내와 두 아들을 뒀지만 모두 내려놓는다. 그게 벌써 10여 년 전이다. 지금은 아무것도 가진 게 없다. 오직 털채와 주전자뿐이다. 머무는 집착을 떨치기 위해 매일 떠난다. 맨몸 맨발로 하루 20여 km를 걷는다. 차를 타지 않는다.

오늘도 그들은 푸른 하늘을 옷 삼아 걷고,
밤하늘을 이불 삼아 잠들 것이다.
모든 살아 있는 것들을 사랑할 것이다.

밥은 하루 한 끼 아침만 먹는다. 물도 이때만 마신다. 그릇도 수저도 없어 그냥 서서 손으로 받아먹는다. 맛을 탐하지 않는다. 음식은 완전 채식이다. 그나마 감자, 양파, 마늘, 생강 같은 뿌리채소는 안 된다. 뽑는 과정에서 벌레들을 해치기 때문이다. 브로콜리처럼 벌레가 많이 끼는 채소도 안 먹는다. 토마토, 가지, 석류 등 생명의 싹인 씨앗이 너무 많이 들어 있는 식물도 삼간다. 부정한 음식을 먹으면 영혼이 오염된다고 여긴다. 신도들이 따라다니며 이 까다로운 식사를 챙긴다.

물은 걸러 마신다. 걸망에 걸린 미생물과 벌레들은 되돌린다. 약품 처리한 수돗물은 안 된다. 손발을 씻는 허드렛물도 하루 두 주전자 이상 쓰지 않는다. 물을 쓰는 만큼 여러 생명체를 죽일 수 있다.

석 달에 한 번씩 머리칼과 수염을 제 손으로 뽑는다. 털이 자라면 그 사이에 이 같은 것이 살게 되고 자기도 모르게 그들을 죽일 수 있기 때문이다. 칼이나 가위가 없으니 머리카락도 손으로 뽑을 수밖에 없다.

일행은 17명이다. '아차리아'가 그들을 이끈다. 그는 열여덟에 입문해 40년 이상 고행한 큰 스승이다. 아차리아는 현생에서 해탈에 가장 가깝게 다가섰다는 자이나교의 성자다. 옷을 다 벗은 나체승은 아차리아를 포함해 다섯이다. 그 뒤를 조금 덜 벗은 수도승 넷과 흰 무명천을 두른 여자 수도승 여덟이 따른다.

옷은 아무나 벗는 게 아니다. 탈의(脫衣)는 수행 수준이 가장 높은 수도승들에게만 허용된다. 처음에는 위아래 모두 입고, 진전되면 아래만 입다가 수행이 깊어지면 모두 벗게 된다. 그러나 여성 수도승들은 한 겹의 천으로 몸을 가린다. 이 한 겹이 마지막 해탈을 막는다. 그녀는 다음 생에 한 번 더 남자로 태어나 나체로 수행해야 한다.

오늘은 그의 아들이 아버지를 찾아왔다. 아들은 아버지를 깊이 존경한다. 그는 자기 차에 아차리아와 아버지의 사진을 큼지막하게 붙였다. 그는 아버지와 함께 걸으며 또 사진을 찍는다. 그러나 아버지는 말이 없다. 무심하다.

누군가 그에게 묻는다.

"당신 집에 가 봐도 될까요?"

그는 답한다. 환하게 웃는 모습이 소년 같다.

"그건 당신들 마음이죠. 그 집은 내 집이 아니에요. 이 세상이 내 집이에요. 하늘이 내 이불이고 땅이 내 잠자리입니다."

그래서 자이나교 수도승을 '하늘을 입은 사람들'이라고 부른다. 그들에게는 해가 기울어 발길이 멎는 곳이 곧 집이다. 모기들이 덮치지만 그냥 잘 잔다. 벌레가 많은 장마철을 제외하고는 언제나 이렇게 길 위에서 보낸다. 오늘도 그들은 푸른 하늘을 옷 삼아 걸고, 밤하늘을 이불 삼아 잠들 것이다.

자이나교에서는 살생이 가장 큰 죄업이고 살생을 범할수록 해탈에서 멀어진다. 불살생을 위한 고행은 육신의 욕망을 정복하기 위한 용맹정진이다. 무소유와 비폭력은 맑은 영혼에 이르기 위한 치열한 수행이다.

소년 같은 수도승은 말한다.

"나는 세속에서 부자이기 보다 여기에서 부자이고 싶습니다. 욕심 부리지 않으면 행복할 수 있고 평화로워질 수 있습니다. 영혼의 행복과 평화를 찾는 사람들은 자신의 영혼을 깨끗이 만들고 싶어 합니다."

그는 아주 별난 사람이다. 일행들도 똑같다. 생명을 해치지 않으려는 그의 수행은 지독하다. 가혹하다. 상식 밖이다. 그런데 그의 내면에서 어떤 일이 일어났다. 그의 표정은 부드럽다. 자연스럽다. 해맑다. 이상한 일이다. 하지만 다시 생각해 보면 내가 더 이상할 수 있다. 내가 더 별날 수 있다. 나의 생명 불감증이 더 심각하고, 더 지독할 수 있다.

구제역이 퍼지면 수백만 마리 소와 돼지를 몰살해 구덩이에 쓸어 버리고도 식욕이 동하는 나는 이상하지 않은가? 조류 독감이 돌면 수천만 마리 닭과 오리를 무차별로 생매장하고도 고기를 찾는 나는 이상하지 않은가? 가축을 먹을거리 상품으로 집단 사육하고 도살하는 축산 시스템이 당연한 줄 아는 나는 이상하지 않은가? 광활한 숲을 뭉개 옥수수를 심고, 그 옥수수를 모조리 가축에게 먹인 다음 그 가축을 잡아먹는 나는 이상하지 않은가? 정력에 좋다면 곰쓸개든, 사슴피든, 물개 생식기든, 잠자는 개구리든 개의치 않는 나는 이상하지 않은가? 벌레라면 기겁을 하면서 때려잡고 살충제를 마구 뿌려 대는 나는 이상하지 않은가? 잡초라면 주저 없이 뽑아 버리고 독극물 제초제를 살포하는 나는 이상하지 않은가?

나는 문명의 탈을 쓴 야만인이다. 모두가 하나로 연결되어 있음을 모르는 생태맹이다. 살아 있는 것들을 멋대로 짓밟는 반생명주의자다. 돈만 되면 자연이든 환경이든 마음대로 쓸어 버리는 반자연주의자다. 오로지 나만 귀하게 여기는 에고이스트다. 자이나교의 수도승들은 이렇게 나를 비난하지 않는다. 그들은 말이 없다. 묵묵히 걷는다. 그러나 그들이 온몸으로 던지는 생명의 메시지는 큰 울림이 되어 나에게 다가온다.

모든 살아 있는 것들을 존중하라.

모든 살아 있는 것들을 함부로 해치지 말라.

모든 살아 있는 것들을 사랑하라.

195억 번의 섹스

수많은 인파가 모인 축구장이나 야구장. 그런 곳에 가면 문득 떠오르는 생각이 있다. '저 많은 사람들이 세상에 나오는 데 얼마나 많은 섹스가 있었을까?' 축구장에 5만 명이 운집했고, 한 사람의 생명을 만드는 데 평균 세 번의 섹스(너무 인색한가?)가 있었다고 가정해 보자. 그렇다면 당연히 15만 번의 섹스가 있었을 것이다. 지구 인구가 65억 명이니 같은 셈법으로 하면 195억 번의 섹스가 오늘의 인류를 만들어 냈다.

변태 아니냐고 힐난하지 마시라. 나는 단지 그처럼 '방대한 섹스'의 의미에 대해 이야기하고 싶을 뿐이다. 제각각 각별하고 은밀한 사랑을 나눴는데 알고 보니 그건 누구나 똑같이 하는 것이다. 우리는 모두 사랑의 힘으로 세상에 왔다. 그런데도 사람들은 제 사랑만 특별하다고 여긴다. 물론 내 사랑은 특별하다. 하지만 다른 사람의 사랑도 특별하다. 지금 이 순간에도 온 세상에 특별한 사랑들이 가득하다. 이 운동장에도 꽉 차 있다.

나는 수만 명이 환호하는 열광의 운동장에서 원초적인 유대감을 느낀다. 차고 넘치는 생명의 에너지를 실감한다. 나는 혼자가 아니다. 나는 고립되어 있지 않다. 우리는 '방대한 사랑'으로 그물처럼 엮여 있다. 우리는 사랑의 공통분모 위에 있다.

우리는 얼마나 똑같은가. 또 다른 방식으로 느껴 보자. 아마존 오지의 인디오들은 지금도 옷을 입지 않는다. 하나도 걸치지 않는다. 10년 동안 남미에만 120번 이상 오가며 아마존을 취재했다는 「도전! 지구탐험대」의 정승희 PD. 그가 쓴 책 『아마존은 옷을 입지 않는다』를 보니 아주 적나라하다.

열대 우림 아마존에서는 전라가 더 자연스럽다. 더 편하다. 그러니 누구도 가리지 않고 산다. 그런 의미에서 그들은 똑같다. 서로 똑같다는 것을 항상 보면서 산다. 굳이 무언가를 걸친다면 그건 장식의 의미다. 그러나 걸치기보다는 몸에 직접 그리는 걸 더 좋아한다. 그들의 '보디 페인팅'은 예술이다. 그것은 전라를 가리는 것이 아니다.

그들은 벗은 몸이 하나도 부끄럽지 않은가 보다. 그것이 왜 부끄러울까? 그들의 생각으로는 옷으로 몸을 가리고, 음란한 눈길로 상대방을 훔쳐보는 우리들이 오히려 이상할지 모른다. 너와 내가 하나도 다르지 않은데 무엇이 부끄러워 가린다는 말인가.

내 경험으로도 전라의 부끄러움을 넘어서는 데 30분이 채 걸리지 않았다. 남녀노소가 같이 사우나를 즐기는 독일의 혼탕. 처음에는 시선 처리가 안 돼 엉거주춤하지만 결국 잠깐일 뿐이다. 상대가 나를 의식하지 않으니 나도 그를 의식하지 않게 된다. 그러면 그것으로 끝이다. 우리는 하나도 다르지 않다. 우리는 너무 똑같다.

그렇게 야하게 벗고 지낸다고 해서 더 문란하다거나 성폭력이 잦다는 얘기는 아직 들어 보지 못했다. 오히려 넘치는 욕망을 화려한 옷 속에 감추고 사는 우리들의 세계가 더 문란하지 않은가? 아파트에 콕콕 틀어박혀 사는 우리가 더 고독하고, 더 폭력적이지 않은가? 우리 모두 하나라는 유대감을 상실한 채 휘황한 도시의 뒷골목을 헤매고 있지 않은가? 상대방을 제치고 지배하기 위해 기를 쓰고 있지 않은가?

잃어버린 순수를 찾아서

1.

초등학교 3학년 때인가, 할미꽃을 처음 보았을 때 참 신기했습니다. 어찌 이리 희한한 꽃이 있지! 나는 동네 앞산을 쏘다니다가 온몸에 솜털을 두른 불그레한 꽃을 발견하고 눈이 휘둥그레졌습니다. 이것도 꽃인가?

사실 그때는 신기한 것이 많았지요. 올챙이가 다리를 빼는 것도, 고추잠자리가 꼬리를 빨갛게 물들이는 것도 신기했습니다. 여치와 베짱이, 참매미와 털매미, 메뚜기와 방아깨비, 방개와 풍뎅이가 신기했습니다.

사람 사는 세상도 참 신기했습니다. 여기저기 나돌아 다니다 낯선 동네, 낯선 거리, 낯선 사람들과 마주하면 가슴이 쿵덕거렸습니다. What a wonderful world!

자전거를 배운 다음에는 행동반경이 훨씬 넓어졌습니다. 그때 나는 서울 장위동에 살았는데 자전거로 사방팔방 얼마나 쏘다녔는지 동네방네 골목골목의 풍경이 지금도 눈에 선합니다. 나는 미아리, 태릉, 수유리, 창동 등을 누비다가 나중에는 의정부에 이르렀습니다.

그것은 더 넓은 세상으로 나아가는 나의 탐험이었습니다. 흥미진진한 삶의 어드벤처였습니다. 덕분에 나는 지금도 강북 지리에 강합니다. 수십 년이 흘러 풍광이 다 바뀌었지만 강북 어디를 가도 웬만해선 방향감각을 잃지 않습니다.

하지만 강남에서는 반대입니다. 모든 게 바둑판처럼 반듯하고 비슷해서 구별이 잘 안 됩니다. 강남대로, 도산대로, 테헤란로 같은 큰길을 외고 머릿속에 집어넣었는데도 나중에 가면 또 헷갈립니다. 젊어서 한때 '강남 스타일'을 동경하며 압구정 거리를 오갔지만 강북처럼 새겨지지 않습니다.

어릴 적에는 모든 길이 다 새 길이고 신기했으니까 어디를 가든 신이 났습니다. 세상 풍경이 머릿속에 콕콕 들어와 박혔습니다. 하지만 나이가 들수록 세상과 나는 짜릿하게 교류하지 않습니다. 나는 익숙한 것에 안주해서 낯선 것을 피하려 합니다. 새로운 것을 멀리하고 부담스러워 합니다. 그만큼 나는 삶에 무디고 탁해져서 여리고 투명한 감성을 많이 잃어버린 모양입니다. 세상살이에 닳고 닳아 마음속에 무감각한 굳은살이 잔뜩 박혔나 봅니다.

뿐만 아니라 요즘에는 신기하게 여기는 대상도 많이 달라졌습니다. 이 거대한 도심에 희한한 물건이 얼마나 많습니까. 매일매일 '신상'이 쏟아져 나와 곳곳에 차고 넘칩니다. 수천만 원짜리 자동차만 해도 하루가 멀다 하고 신모델입니다. TV 홈쇼핑 채널에서는 하루 24시간, 1년 365일 입이 아프도록 수다를 떱니다. 듣는 사람은 귀가 아픕니다. 이것이 산업화, 도시화, 기계화, 정보화, 첨단화의 풍요겠지요.

그러나 나는 이제 강남에도, 신상에도 별로 마음이 가지 않습니다. 호기심이 일지 않습니다. 흥미진진한 나의 탐험, 나의 어드벤처는 끝났나 봅니다. 내 삶에서 신기와 신비가 사라졌습니다. 오늘이 어제 같고, 어제는 그제 같습니다. 지루하고 갑갑합니다. 고단하고 짜증 납니다. 아! 나의 신세계는 초등학교 때 끝났습니다. 그래서 나는 도시를 떠났습니다. 산골로 왔습니다.

나는 산골에서 다시 흐릅니다. 탐험을 재개하고 신기와 신비에 놀라는 어드벤처를 즐깁니다. 이런 것이 없다면 내 삶은 웅덩이에 갇힌 것이지요. 그곳에서 썩고 마르고 비틀어지는 것이지요. 매일매일 눈부신 세상을 마주하는 어린 시절의 시선을 되찾는 것, 그것이 '인생 탐험'을 완성하는 마지막 미션 아닐까요.

2.

산골로 오니 자연이 곁에서 말을 겁니다. 산과 들이 하루도 같지 않습니다. 꽃과 나무도 매일매일 다릅니다.

6월 초 요즘은 오디 철입니다. 달포 전에 뽕잎 순이 올라 동생이 열심히 땄는데 보름쯤 지나니 넓적해진 뽕잎 사이로 푸릇한 열매가 비칩니다. 그것이 어느새 굵고 붉은 오디로 영글어 가지마다 다닥다닥 붙었습니다. 이번 주에는 열심히 오디를 따야 합니다. 개복숭아도 지난달 다른 봄꽃들과 함께 복사꽃을 활짝 피웠는데 지금은 제법 알이 굵습니다. 이것도 다음 주부터는 따야 때를 놓치지 않겠습니다. 자연의 시계는 착착 갑니다.

2011년 정월에 돌아가신 소설가 박완서 님은 말년에 꽃밭을 즐겨 가꿨습니다. 마당에 꽃이 얼마나 많은지 100가지가 넘었다고 합니다. 그래서 박완서 님은 '꽃 출석부'라는 걸 만들었습니다. 학급 출석부처럼 꽃마다 번호를 매긴 다음 순서대로 부르며 출석을 점검하는 겁니다. 그렇게 매긴 번호가 100번을 넘겼으니 그 집 마당에는 분명 100가지가 넘는 꽃이 피고 질 겁니다.

박완서 님이 이런 얘기를 하면 다들 백화난만한 그림 같은 화원을 떠올리는데 사실은 그게 아니랍니다. 100가지가 넘는 건 맞지만 그게 이른 봄부터 마당에서 차례로 피고 지는 꽃들을 다 합친 것입니다. 그것도 봄까치꽃, 돌나물꽃처럼 보일 듯 말 듯한 것까지 다 쳐야 합니다.

그래서 꽃 출석부의 1번 학생은 땅꼬마 복수초입니다. 그다음은 산수유, 그다음은 매화, 목련, 살구, 자두, 앵두, 조팝나무, 제비꽃, 민들레, 은방울꽃 등등이 우르르 몰려옵니다. 요것들이 출석한 다음에는 붓꽃, 모란, 으아리, 장미, 개망초 등이 오고 그다음에야 여름꽃인 배롱나무꽃, 백합, 나리, 코스모스, 범부채 등이 오지 않을까요.

박완서 님은 봄부터 가을까지 꽃 출석부를 들고 꽃들을 기다립니다. 1번부터 100번까지 차례차례 꽃들의 이름을 부릅니다. 그에게는 꽃들이 오고 가는 매일매일이 새날입니다. 꽃들이 사라진 겨울에도 그리움 속에 꽃들을 기다립니다. 박완서 님은 "기다리는 기쁨 때문에 그들을 기다린다"고 말합니다.

내가 출석을 부르지 않아도 그것들은 올 것이다. 그래도 나는 그것들이 올해도 하나도 결석하지 않고 전원출석하기를 바라기 때문에 그것들이 뿌리로, 씨로 잠든 땅을 함부로 밟지 못한다. 그것들이 왕성하게 자랄 여름에는 그것들이 목마를까 봐 마음 놓고 어디 여행도 못 할 것이다. 그것들은 출석할 때마다 내 가슴을 기쁨으로 뛰놀게 했다. 100식구는 대식구다. 나에게 그것들을 부양할 마당이 있다는 걸 생각만 해도 뿌듯한 행복감을 느낀다. 내가 이렇게 사치를 해도 되는 것일까. 괜히 송구스러울 때도 있다. *

박완서 님의 마당에만 꽃들이 오갈까요. 우리 집 마당에도 꽃들이

오고 갑니다. 며칠 전에는 한련화가 꽃봉오리를 터트렸습니다. 부푼 꽃망울이 아슬아슬하더니 한나절 한눈을 파는 사이 주황색 꽃잎을 활짝 열었습니다. 감동!

그러고 보면 나에게도 꽃 출석부가 있습니다. 나는 주로 뒷산 산책길에서 출석부를 펼칩니다. 이제는 금낭화와 찔레꽃이 기울고 붓꽃과 꿀풀도 전성기를 지났습니다. 대신 섬초롱꽃이 싱싱합니다. 나리꽃은 봉오리가 맺혔습니다. 칡넝쿨이 죽죽 펼치는 것을 보니 얼마 뒤에는 칡꽃이 피고, 내가 좋아하는 큰까치수염도 얼굴을 비치겠지요.

제가 아직 얼치기 선생이어서 모르는 학생이 많습니다. 얼굴을 보면서도 이름을 부르지 못합니다. 나는 더 공부하면서 '꽃 출석부'를 제대로 잘 만들어야 합니다. 이런 공부가, 이런 재미가 저에게 '잃어버린 새날'을 되찾아 주겠지요. '기다리는 기쁨에 기다리는' 나날을 선사해 주겠지요.

3.

초여름 아침 새소리가 상큼합니다. 지금도 가까이서 이름 모를 새가 지저귀고 멀리서 뻐꾸기가 웁니다. 요즘 새들이 무척 바쁩니다. 새끼를 낳고 기르느라 그런가 봅니다. 얼마 전에는 샛노란 새가 마당 앞 나뭇가지에서 놀았습니다. 저 새는 이름이 뭘까? 어려서 할미꽃을 처음 보았을 때처럼 신기합니다. 새에 대해서는 별로 아는 게 없는데 슬슬 궁금해집니다. 어떤 새가 저렇게 예쁠까? 어떤 새가 저렇게 아름답게 노래할까?

법정 스님이 생전에 쓰신 글에는 꽃 이야기 못지않게 새 이야기가 많습니다. 스님은 '꽃 출석부'는 물론이고 '새 출석부'까지 가지고 계셨던 모양입니다. 스님의 '새 출석부'를 슬쩍 들여다볼까요.

꾀꼬리, 뻐꾸기, 소쩍새, 밀화부리 같은 철새들이 제철에 이르러 첫인사를 보내 올 때, 그 설레는 반가움은 산에서 사는 사람만 알 수 있을 것이다. 내 수첩에는 이런 일이 중요한 사건으로 기록되어 있다. 해마다 5월 초에 꾀꼬리와 뻐꾸기는 하루 이틀 사이를 두고 찾아온다. 그런데 금년에는 뻐꾸기가 한 주일이나 늦게 오는 바람에 무슨 일인가 몹시 궁금했다. 5월 11일, 차밭에서 차를 따다가 뻐꾸기의 인사를 받고서야 마음이 놓였다. 기름기가 자르르 흐르는 목청으로 밀화부리가 노래할 때 나는 곧잘 휘파람으로 화답을 해 준다. 꾀꼬리도 휘파람으로 소리해 주면 제 친구인가 해서 자꾸만 가까이 날아오면서 노래를 한다. 이 또한 살아가는 기쁨이 아닌가. *

그렇다면 그 노란 새는 꾀꼬리 아닐까? 확인해 보니 정말 그렇습니다. 그 새는 꾀꼬리였습니다. 마침내 나는 '꾀꼬리 같은 목소리'의 원조를 만났습니다. 나이 50 넘어 꾀꼬리와 만나 감동했습니다. 다음에는 저도 스님처럼 휘파람으로 화답해야겠습니다.

　스님은 "자연은 우리에게 많은 선물을 무상으로 열어 보이고 있는데, 일상에 찌든 사람들은 그런 선물을 받아들일 줄 모른다"고 안타까워 합니다. "받아들이기는 커녕 허물고 더럽힌다"며 "받아들이려면 먼저 입을 다물고 귀를 기울이라"고 당부합니다.

　돌이켜 보면 어린 시절에는 머리가 복잡하지 않았습니다. 마음이 분주하지 않았습니다. 가슴이 닫혀 있지 않았습니다. 그래서 세상이 신기하고 신비하게 다가왔나 봅니다. 그러나 누구나 어린 시절은 지나갑니다. 어린 시절의 순진무구함은 얼룩집니다. 나도 그랬습니다. 갈수록 머리는 복잡해지고, 마음은 분주해지고, 가슴은 무겁게 닫혔습니다. 그와 함께 세상의 신기와 신비도 빛을 잃었습니다.

　그러니까 나이가 들어가면서 꼭 해야 할 일은 어린 시절의 순수를 되찾는 일이겠습니다. 그것은 의식적으로 머리를 식히고, 마음을 비우고, 가슴을 활짝 여는 일입니다. 어린 시절의 순수는 '무의식적인 순진'이고 '잠든 순진'입니다. 반면 나이 들어 되찾는 순수는 '의식적인 순진'이고 '깨인 순진'입니다. 이런 순진은 다시 얼룩지지 않습니다.

　장자에 심취해 사는 작가인 장석주 님은 "어른이란 아이 부재의 가슴을 사는 자들"이라고 지적합니다. 그는 "어른들은 가슴에서 노래하는 모차르트가 죽어 버렸기 때문에 삭막하다"고 말합니다. 이에 비해 "아이들에게 세계는 처음으로 펼쳐진 유희의 마당이고 성스러운 긍정의 놀이터"입니다.

나이 들어 다시 동심의 세계로 돌아가는 것은 생각만큼 쉬운 일이 아니겠지요. 마음 비우기가 얼마나 어렵나요. 마음을 텅 비운 순수의 경지는 나에게 아득히 멉니다. 그래도 자꾸자꾸 비우다 보면 그 틈으로 한 자락 시원한 바람이 흘러들지 않을까요. 삶의 신기와 신비가 손짓하지 않을까요. 신기와 신비는 텅 빈 순수의 메아리일 테니까요.

산골로 와서 꽃이 보이고 새소리가 들려 참 좋습니다. 사실 제가 몰라도 꽃은 피고 새는 노래하지요. 그걸 받아들이는 것도, 놓치는 것도 다 내 소관이지요. 있어도 못 보고, 못 듣고, 못 느끼면 아무 소용없지요. 그래서 나도 '꽃 출석부'와 '새 출석부'를 정성껏 만들기로 했습니다. 그걸 들고 날마다 신기와 신비의 학교를 오가는 학생들의 얼굴을 살피고 이름을 불러야겠습니다.

법정 스님은 묻습니다.

진실로 삶은 놀라움이요, 신비다. 인생만이 삶이 아니라 새와 꽃들, 나무와 강물, 별과 바람, 흙과 돌, 이 모두가 삶이다. 우주 전체의 조화가 곧 삶이요, 생명의 신비다. 삶은 참으로 기막히게 아름다운 것. 누가 이런 삶을 가로막을 수 있겠는가?*

그렇습니다. 기막히게 아름다운 삶을 가로막는 사람은 바로 '나'입니다. 어린 시절의 순수를 잃어버린 '나', 풍요로운 문명의 감옥에 갇힌 '나'입니다.

꽃은 힘이 세다

꽃은 약하다. 꺾으면 꺾인다. 뽑으면 뽑힌다. 밟으면 밟힌다.

산길에 핀 꽃이 너무 아름다워 마당으로 옮겨 심는다. 꽃은 뿌리가 뽑히는 순간 깜짝 놀란다. 그는 공포를 느꼈을 것이다. 비명을 질렀을 것이다. 나는 꽃에게 사과한다. 양해를 구한다. 그대여 나와 같이 가자. 나와 인연을 맺자. 나는 그대를 사랑하고 싶다.

뿌리가 뽑힌 꽃은 금세 기운이 빠진다. 내 눈길을 사로잡던 생생함이 사라진다. 미안하구나. 고개 숙인 꽃이여! 나는 그 꽃을 마당에 심는다. 뿌리를 편안하게 땅에 누이고 부드러운 흙으로 감싸 준다. 두툼하게 묻어 꾹꾹 눌러 준 다음 물을 준다.

꽃은 며칠 동안 심한 몸살을 앓는다. 잎은 시들하고 꽃대는 구부정하다. 처음 어미를 떠나 낯선 집에 온 강아지 같다. 어떤 꽃은 끝내 고

개를 들지 못한다. 그는 죽었나 보다. 그러나 어떤 꽃은 다시 고개를 든다. 그가 꽃대를 세우고 조심스레 꽃잎을 연 날. 아! 이 꽃은 약하지 않구나. 아픔을 넘어 다시 향기를 머금었구나.

이제 이 꽃은 마당에 자리 잡는다. 싱싱하게 다시 피어난다. 하지만 야생에서 피고 지는 형제 꽃보다 기세가 약하다. 남달리 허약한 꽃은 얼른 꽃씨를 맺는다. 이번 생 대신 다음 생을 기약하는 생명의 씨앗을 서둘러 퍼트린다.

지난겨울은 유난히 추웠다. 지구 온난화 때문에 북극의 빙하가 줄줄이 녹아 내렸다. 갈수록 더 빨리, 더 많이, 더 무섭게! 이 여파로 북반구의 겨울은 오히려 더 추워졌다. 모든 꽃이 다 사라진 지난겨울의 매서운 추위를 뚫고 다시 찾아든 봄. 우리 집 마당에도 봄이 가득하다.

땅이 녹고 부풀더니 마른 가지에 물이 돌고 새잎이 돋는다. 산과 들에는 초록이 오른다. 앞산에 연둣빛이 도는가 싶었는데 열흘도 안 되어 온통 푸르다. 산하는 봄꽃의 경연장이다.

매화, 산수유, 개나리, 벚꽃, 진달래를 지나 조팝나무꽃, 복사꽃, 사과꽃, 배꽃, 앵두꽃, 박태기꽃, 명자꽃이 앞다퉈 만개했다. 철쭉, 라일락, 할미꽃, 양지꽃, 금낭화, 제비꽃, 수선화, 민들레, 개별꽃, 피나물꽃, 꽃잔디꽃, 돌단풍꽃, 꽃다지, 냉이꽃, 봄맞이꽃, 봄까치꽃……. 아는 꽃을 다 읊어도 모르는 꽃이 훨씬 많다. 조금 있으면 찔레꽃과 장미꽃이 피고 아카시아꽃과 밤나무꽃 향기가 코끝을 간질일 것이다.

우리 집 마당에도 꽃이 피었다. 할미꽃이 피었고, 금낭화가 피었다.

기막히게 아름다운 삶을 가로막는 사람은 바로 '나'다.
어린 시절의 순수를 잃어버린 '나', 풍요로운 문명의 감옥에 갇힌 '나'다.

하늘매발톱과 둥굴레꽃도 피었다. 나리, 비비추, 붓꽃은 쑥쑥 줄기를 올리고 있다. 지난해 산에서 옮겨 심을 때는 잘 살까 싶었는데 그게 아니다. 한겨울 맹추위 때는 다 얼어 죽었나 했는데 그것도 아니다. 하나도 죽지 않고 살아남아 힘차게 생명을 피워 내고 있다. 지금 보니 그들은 잠시도 쉬지 않았다. 1년 새 더 깊이, 더 넓게 뿌리를 내렸다.

모종을 사서 심은 꽃잔디는 주변으로 열 배는 번진 것 같다. 그들은 얼음장 밑에서도 바빴나 보다. 울타리 삼아 둘러 심은 쥐똥나무도 한 살 더 먹은 티가 난다. 키는 크고, 줄기는 굵고, 뿌리는 실하다. 그 역시 쉬지 않고 움직였으리라. 덕분에 마당에는 생명이 충만하다. 4월 초 심은 잔디는 쑥쑥 자라고 있다. 잔디떼 1100장을 3300장으로 삼 등분해서 심느라 며칠을 고생했다. 그 많은 조각 잔디들이 자라면서 뿜어내는 생명의 기운이 어찌 가열하지 않겠나.

올해 심은 배롱나무, 회화나무, 명자나무, 라일락, 모과나무, 매실나무 등도 다들 싱싱해졌다. 남천이란 나무만 유독 몸살이 심하다. 모양새가 마음에 쏙 들어 두 그루 사다 심었는데 원래 달려 있던 잎까지 다 떨구고 생사를 넘나들고 있다. 메마른 가지를 만져 보는 심정이 애달프다. 그런데 오늘 아침, 푸른 생가지가 몇 가닥 보인다. 마른 가지 옆으로 돋아난 새 생명. 그것에서 풋풋한 생기가 전해진다. 생명은 역시 힘이 세다.

나와 인연을 맺고 사연을 같이한 이 꽃과 이 나무. 나는 그들에게서 생명의 힘을 배운다. 꽃은 약하지 않다. 꽃은 강하다. 꽃은 끈질기다.

꽃은 영원하다. 어찌 이들뿐이랴. 천지의 꽃과 나무는 다들 제 나름의 사연이 있을 것이다. 그들 모두 한시도 쉬지 않고 살아 움직이며 생명을 지키고 가꾸고 피워 낸 사연이 있을 것이다.

꽃의 생명에서 동물의 생명이 생기고, 동물의 생명에서 인간의 생명이 생겼을 테니 꽃의 생명은 내 생명의 기원이다. 나는 꽃에서 나왔다. 꽃과 나는 다르지 않다. 우리는 같은 생명의 기운들이다. 꽃과 나는 같은 햇살을 받고 같은 공기를 마시는 아버지 태양의 자식들이다. 꽃과 나는 같은 땅에서 같은 기운을 나누는 어머니 대지의 형제들이다.

오늘 마당의 꽃 한 송이를 바라보면서 나는 꽃에게 인사한다. 그대여, 나와 인연을 맺느라 고생이 많았다. 그대여 고맙다. 나는 그대와 주파수를 맞추고 싶다. 그대처럼 예민하고, 아름답고, 생생하고, 강인한 생명의 대역에서 공명하고 싶다. 그대와 더불어 내 영혼을 일깨우고 싶다. 갑갑한 삶에 갇혀 시들해진 나를 푸르게 하고 싶다.

꽃을 꺾는 남자

1.

꽃을 꺾는다. 뚝! 꽃은 놀랄 것이다. 아플 것이다. 뿌리를 잃고 생명의 줄기가 꺾였음을 알 것이다. 꽃은 고개를 숙인다. 잎사귀를 늘어트린다. 미안하구나. 아름다운 꽃이여. 미안하구나. 향기로운 꽃이여.

꽃을 다듬어 꽃병에 꽂는다. 꽃은 다시 살리라. 기운을 차리고 고개를 들리라. 꽃잎을 열고 향기를 내리라. 이윽고 꽃은 활짝 피어난다. 생명의 절정에 선다. 그 순간! 더할 수도 뺄 수도 없는 그 찰나!

꽃은 이제 기운다. 빛과 향기를 잃고, 얼룩지고, 메마른다. 산길에 갓 피어난 꽃, 나로 인해 운명이 바뀐 꽃, 나와 인연을 맺은 그 꽃은 나에게 감동을 주고, 향기를 주고, 아름다움을 주고, 생명의 절정을 보여

신에게 한 송이 꽃을 바치듯
나 또한 내 안의 신전에 꽃을 바친다.
나는 꽃처럼 향기롭게 피어날 것이다.

주고, 땅으로 돌아간다.

나 또한 저렇게 피었다가 지어 땅으로 돌아갈 것이다. 삶은 한 치의 어김없이 흘러갈 것이다. 생명의 기운은 어느 한 순간도 같지 않을 것이다. 피어날 때와 고통스러울 때와 절정일 때와 기울 때의 모습이 다를 것이다.

피어나는 꽃을 보면서, 절정에 순간에 선 꽃을 보면서, 생기를 잃어 시든 꽃은 보면서, 다 기운 꽃을 마당가에 던지면서 나는 나의 삶도 떠올린다. 나로 인해 운명이 바뀐 그 꽃에게, 나와 인연을 맺은 그 꽃에게 생명을 배운다.

여리고, 예민하고, 질기고, 엄숙하고, 엄중한 생명. 매 순간 더할 것도 뺄 것도 없는 생명.

나는 그런 생명을 어떻게 대하고 있나? 나는 그런 생명을 어떻게 누리고 있나?

2.

나는 왜 꽃을 꺾나? 아름답기에, 향기롭기에, 감동이기에, 곁에 두고 싶기에.

꽃을 꺾으면 꽃의 생명도 꺾인다. 나는 꺾은 꽃을 다듬고, 꺾은 꽃에 물을 주고, 꺾은 꽃을 아낀다. 꺾은 꽃이 절정의 순간에 이르고, 속절없이 기울고 이우는 모습을 바라본다. 그와 함께 내 생명의 질김과 여림, 내 생명의 오늘과 내일, 내 생명의 숙제와 숙명을 떠올린다. 내 생명은 지금 어떤 기운, 어떤 모습으로 어떤 지점을 흐르고 있는가?

나는 내가 취한 꽃을 통해 생명의 속삭임을 듣는다. 그것은 온당한가? 그것은 꺾인 꽃에게도 온당한가?

꽃은 나에게 아름다운 여인 같다. 어느 날 내 눈에 들어온 여인, 나는 그 여인을 취한다. 아름답기에, 향기롭기에, 감동이기에, 곁에 두고 싶기에. 내 사랑은 있는 그대로 바라보지 못한다. 내 것으로 취해 내 품에 넣으려 한다. '존재' 양식이 아니라 '소유' 양식이다.

나는 이 사랑에 대해 변명한다. 꽃을 꺾는 욕심과 욕망을 합리화한다.

내가 꺾는 꽃은 무수히 피고 지는 꽃 중에서 한두 송이일 뿐이다. 나는 이 꽃을 각별하게 아낄 것이다. 나는 꽃조차 대량 생산하고 대량 소비하고 대량 폐기하는 시장 시스템을 달가워하지 않는다.

지금 이 자리에서 저 꽃이 눈에 띈 것은 운명이다. 인연이다. 어쩌면 저 꽃은 저기서 나를 기다리고 있었을지 모른다. 나는 꽃의 이름을 부르고 꽃은 나의 의미가 된다.

꽃이 나에게 온 것은 꽃의 나눔이다. 1000개의 씨앗 중 10개만 싹을 틔우고 나머지 990개를 나누는 꽃. 1000개의 열매 중 10개만 자기 것으로 하고 나머지 990개를 나누는 나무. 1000개의 알 중 10개만 살아서 바다로 가고 나머지 990개를 먹이로 나누는 거북이. 나는 그와 같이 풍요로운 자연의 나눔 잔치에 동참하는 것이다.

꽃에 대한 나의 사랑은 아름다움에만 매달리는 탐미가 아니다. 꽃에 대한 나의 사랑은 화려한 치장과 과시가 아니다. 신에게 한 송이 꽃을 바치듯, 나 또한 내 안의 신전에 꽃을 바치는 것이다. 나는 이 꽃처럼 향기롭게 피어날 것이다.

아름다운 변명. 하지만 나는 안다. 더 깊은 진실을 안다. 내가 꽃을 꺾는 이유는, 꽃의 생명을 취하는 이유는, 꽃을 내 것으로 하려는 욕심, 바로 그것에서 비롯되었음을.

어쩌랴. 내려놓지 못하는 이 욕심을. 욕심마저 뒤로 숨기는 이 마음을.

냇가의 돌멩이도
함부로 뒤집지 마라

———

나는 돌이 좋다. 강가의 조약돌과 바닷가의 몽돌이 좋다. 작고 둥글고 예쁜 돌! 냇가를 거닐다 보면 특별히 나를 부르는 돌이 있다. 나는 그 돌을 줍는다. 그대여, 나와 같이 가자. 나와 인연을 맺자. 나의 꽃들과 함께하자.

주워온 돌을 꽃밭에 나란히 놓았다. 그곳을 지날 때마다 나는 돌들과 눈길을 마주한다. 말없이 미소 짓는다. 아파트에 살 때 창가나 책상 한구석에서 굴러다니던 돌들이 다시 밖으로 나왔다. 자연으로 돌아왔다. 돌들도 행복할 것이다.

돌이 좋지만 수석은 싫다. 돌에 화장해 놓은 것이 거슬린다. 돌에 가격을 매기고 가치를 따지는 것이 마땅치 않다. 무심한 돌에 인간의 욕심을 입힌 것 같다.

돌에는 우주의 시간이 새겨져 있다. 태초의 불덩어리에서 바윗덩어리로, 바윗덩어리에서 돌덩어리로, 돌덩어리에서 모난 돌로, 모난 돌에서 조약돌로의 긴 여행! 구르고 부딪치고 깎이면서 물살과 바람결과 햇살을 담아낸 머나먼 여행! 이윽고 저 돌은 다시 흙으로 돌아갈 것이다.

돌은 말이 없다. 깊은 침묵 속에서 고요하다. 아무것도 요구하지 않는다. 모든 상황을 받아들인다. 완벽한 수동성과 완전한 수용! 그럼으로써 담아낸 무심의 에너지. 그 평화로운 기운과 파장이 나를 편안하게 한다. 나도 애초에 돌이었으므로. 내 안에도 돌과 같은 묵직한 저주파가 흐르므로.

10여 년 전 돌아가신 이오덕 선생님도 돌을 참 좋아했다. 나는 그가 쓴 『우리 글 바로 쓰기』에서 많은 것을 배웠다. 그 책을 찾아 펼쳐 보니 속지에 간단한 메모가 있다.

'좋은 글을 쓰고 싶은데 마음 같지가 않다. 1992. 10. 6 저녁.'

그 마음은 지금도 같다. 좋은 글을 쓰고 싶은데 마음 같지가 않다. 마음에 보석이 담기지 않고 쓰레기가 담겨서 그렇겠지!

아무튼 이오덕 님도 돌을 즐겨 주웠다. 냇가에서 목욕을 하고 옷을 말리는 동안 돌을 줍곤 했다. 모양이나 색깔이나 무늬가 고운 돌을 한두 개씩 주워 오다 보니 방 한쪽에 늘어놓은 돌이 100개를 넘었다.

그는 "돌을 대할 때만은 괴로움이 없어서 좋다"고 한다.

인간을 상대로 하는 모든 일에 고민이 따르고, 동물이나 식물을 기르는 일조차 베고 죽이고 버리고 짓밟고 하여 생명을 희생시키는 일을 예사로 알아야 하는데, 돌을 찾고 어루만지고 갖는 취미만은 그런 모순과 아픔이 없다. 그래서 인간의 일에 지쳤을 때 돌을 찾고 돌을 대하고 싶어지는 것 같은데, 그러니까 이것도 마침내 도피자의 서글픈 취미라 할밖에 없다.*

나도 그랬나 보다. 인간의 일에서 받는 모순과 아픔을 듬직한 돌에서 위로받고 싶었나 보다. 이오덕 님 역시 인공이 가미된 수석을 좋아하지 않는다. 그는 "돌을 주워 가진다는 것은 내가 자연을 만나는 것이어야 한다"며 "자연을 상품으로 사고판다는 것은 인간의 타락"이라고 한다.

그런데 그는 돌을 주우면서 이상한 발견을 한다. 마음에 든 돌을 주워서 혹시나 뒤가 더 예쁘지 않을까 뒤집어 보면 한 번도 앞보다 예쁜 적이 없다! 그가 돌 100개를 줍는 동안 냇가에서 뒤집어 본 돌이 수천 개는 되었을 텐데 그중에서 단 한 개의 돌도 땅에 붙었던 쪽이 위로 향했던 쪽보다 나은 적이 없었다는 것이다.

그는 이런 사실을 깨닫자 두렵기까지 해서 그다음부터는 손에 들었던 돌을 함부로 던져 버리거나 뒤집어 놓지 않고 그 자리에 있던 그대로 고이 놓아둔다고 한다. 수천 수만 리 돌의 여행길에서 위로 향한 쪽은 아무도 건드리지 못하는 자연의 얼굴이요, 하늘의 뜻이 아닐까 하는 생각이 든 것이다. 그런 심정으로 그는 묻는다. "정말 인간이 저 냇가에 굴러와 있는 돌 하나를 멋대로 뒤집어 놓을 권리가 있는 것일까?"

시골에 오니까 제일 무서운 것 중 하나가 포클레인이다. 지난해에는 개울 건너편 밭을 늘린다며 포클레인이 며칠 작업을 하더니 개울가를 쑥대밭으로 만들어 버렸다. 물가에 우거진 수풀이 다 사라지고 아름다운 모래밭과 자갈밭이 엉망으로 뭉개졌다. 올해는 절경인 산비탈에 양계장을 만든다며 포클레인이 들어갔는데 며칠 지나서 보니 완전히 아파트 공사장처럼 되어 버렸다. 가파른 비탈에 길을 내고 터를 만드느라 무자비하게 산을 깎아 흉물을 만들었다. 이어 전기톱으로 100년은 됨 직한 아름드리나무 10여 그루를 땅에 눕히고, 수십 년 된 잣나무 숲을 3분의 1이나 없앴다.

하도 기가 막히고 화가 나서 따지면 내 땅 내 맘대로 하는데 무슨 상관이냐며 인상을 찌푸린다. 한철 지나면 다시 풀이 나니까 아무 문제가 없다고도 하고, 도시에서 굴러온 돌이 배부른 소리를 한다고도 한다. 공연히 나만 유난을 떨어 눈총을 받는 모양새다. 얼마 전에는 약수터 올라가는 산길도 마을 예산이 조금 남았다며 레미콘을 붓고 시멘트 길로 바꾸어 버렸다.

도시든 시골이든 돈과 개발, 편리와 이윤이 먼저지 자연이 먼저는 아니다. 자본의 법이 자연의 법을 앞선다. 어떻게 보면 자연이 아쉬운 도시에서 오히려 자연을 동경하고, 시골에서는 어디나 다 자연이라며

자연 귀한 줄 모르는 것 같다. 냇가의 돌 하나가 놓인 모습에서 섭리를 느낀다는 건 완전 헛소리다. 이러니 어디서 노란색 포클레인만 나타나도, 전기톱 왱왱거리는 소리만 들려도 나는 신경이 곤두선다. 그것들이 한나절만 움직이면 멀쩡하던 산자락이 싹둑 잘리고, 물줄기가 꺾이고, 우거진 숲이 작살난다. 상황은 순식간에 끝나고, 결과는 누구도 돌이킬 수 없다.

이런 우악스런 기계에 비하면 삽과 낫과 톱은 정겹다. 망치와 도끼와 곡괭이는 살갑다. 삽과 낫과 톱 앞에서 대지는 풍요롭다. 망치와 도끼와 곡괭이 앞에서 자연은 위대하다. 나는 어머니 대지에 고개 숙이고 몸을 낮춘다. 그리고 묻는다. 나는 저 냇가의 돌멩이 하나라도 뒤집어 놓을 권리가 있는가? 산을 허물고, 강바닥을 파헤치고, 나무를 쓰러뜨리는 인간의 권리는 얼마나 정당한가?

강길 산들 들길 꽃길

———

산골에 와서 마침내 나만의 산책 길 네 곳을 완성했습니다. 올 한 해 열심히 모색해서 만든 코스입니다. 이제 당신을 초대합니다. 당신과 같이 걷고 싶습니다. 이 길은 나 혼자 걷기 아깝습니다.

나는 이 길에 이름을 붙였습니다. 강길, 산길, 들길, 꽃길! 내 인터넷 필명 '강산들꽃'에서 하나씩 따온 이름입니다. 나는 강이 좋습니다. 산이 좋습니다. 들이 좋습니다. 꽃이 좋습니다. 강산과 들꽃이 좋습니다. 강산의 들꽃이 좋습니다. 그러니까 이 길은 내 필명을 걸고 보증하는 길입니다. 지금부터 이 길로 안내합니다.

먼저 강길. 화천 읍내에서 시작해 북한강을 따라 원천리의 하남면 사무소에 이르는 길입니다. 거리는 10km. 천천히 두 시간 걸으면 됩니다. 코스 전체가 강을 따라 갑니다. 큰 하늘과 넓은 물이 만납니다.

물 흐르고, 산 흐르고, 길 흐릅니다. 바람 흐르고, 구름 흐르고, 나도 흐릅니다. 바깥의 길과 내 안의 길이 하나로 섞입니다.

1845년 보스턴 콩코드의 월든 호숫가에 다섯 평 남짓한 오두막을 짓고 2년 2개월 홀로 지낸 헨리 데이비드 소로. 그는 월든 호수를 뭐라 했을까요? '하늘의 물'이라고 했지요. '숲의 거울'이라고 했지요, '물의 들판'이라고 했지요. '대지의 눈'이라고 했지요. 호수가 대지의 눈이라면 물가의 나무들은 속눈썹이고, 주변의 언덕과 절벽은 이마인 셈이라 했지요. 숲의 풍경에서 호수는 가장 아름답고 표정이 풍부한 얼굴이고, 찰랑이는 물가는 호수의 수염 없는 입술이라고 했지요. 월든이여, 이것이 정녕 그대인가? 소로는 월든을 다음과 같이 노래합니다.

월든 곁에서 사는 일이야말로

하느님과 천국에 가까이 다가가는 길

나는 그 돌 놓인 호숫가이며

그 위를 지나는 산들바람이라네

내 빈 손에

그 호숫물과 모래가 담기고

호수의 가장 깊은 곳은

내 사념 속에 드높이 자리하고 있다네.*

그렇다면 나는 뭐라 할까요? '하늘의 물' 같고, '숲의 거울' 같고,

꽃을 보러 정원으로 가지 마라.
그대 몸 안에 꽃 만발한 정원이 있다.
거기 연꽃 한 송이가 수천 개의 꽃잎을 안고 있다.

'물의 들판' 같고, '대지의 눈' 같은 이 푸른 강물을. 하늘 담은 이 맑은 호수를.

다음은 산길. 집에서 뒷산 약수터에 오르는 길입니다. 약수터는 토보산 7부 능선쯤에 있습니다. 천천히 오르는 데 50분, 내려오는 데 40분 걸립니다. 쉬엄쉬엄 약수까지 떠 오려면 두 시간 잡는 게 좋습니다. 길은 30분가량 완만하게 산허리를 타다가 후반 20분 가파른 경사를 이룹니다. 옛날에는 이 꼭대기에까지 화전민이 살았다고 합니다. 마르지 않는 샘이 그들을 불러 모았을 것입니다. 지금도 묶은 집터의 흔적이 곳곳에 남아 있습니다. 화전민이 퇴거해서 마지막으로 산을 내려온 것이 1976년이라 하니 40여 년이 흘렀습니다.

약수터 오르는 길은 깊은 숲입니다. 길가의 꽃은 날마다 바뀝니다. 올라갈 때 닫힌 꽃잎이 내려올 때 열립니다. 내려오다 시야가 트이는 곳에서 보면 여기가 히말라야고 알프스입니다. 만년설을 머리에 두른 티베트의 푸른 고원 길 같기도 합니다. 그러나 그 길과 달리 겨울이 아니라 여름에 닫힙니다. 한여름 잡초가 무성해지면 길이 묻혀 헤치고 가기 어렵습니다. 한 키 넘는 풀밭을 더듬거리다가 멧돼지와 스친 이후 여름 몇 달 길을 폐했습니다. 하지만 늦가을 지나 풀이 누우면 다시 열 것입니다.

약수터 곁에 자작나무 숲이 있습니다. 그 아래를 지나온 샘은 수액을 섞은 고로쇠 물처럼 달고 부드럽습니다. 자기를 주장하지 않고 은근히 스미는 물입니다. 나는 그 물을 실컷 마십니다. 내 안의 물을 바꿉니다. 청량함으로 안팎을 씻어 낸 기분입니다. 그래서 약수 마시는 사람보다 약수 떠오는 사람이 장수한다고 하겠지요.

약수터 가는 뒷산엔 산삼도 있다고 합니다. 우리 동네 이름이 서오 지리입니다. 한자로 호미 서(鋤), 나 오(吾), 약초 지(芝), 마을 리(里). 옛날에 노인 셋이 호미로 약초를 캐서 개울에서 씻다가 붙인 이름이라 합니다. 그러니 얼마나 약초가 많겠습니까. 하지만 내 눈엔 보이지 않습니다. 알지 못하니 보지 못합니다. 이걸 언제 알아보고 캘 수 있을까요?

다음은 들길. 집 앞 개울 건너 소태벌 지나 오탄리 다랑이논 들판을 빙 둘러오는 길입니다. 길게 다 돌면 두 시간 반, 중간에서 접으면 한 시간 반 정도 걸립니다. 제 집 앞으로 지촌천이 흐릅니다. 멀리 광덕산에서 발원한 물이 화천 쪽에서 지촌천을 이루고, 포천 쪽에서 산정호수를 만듭니다. 지촌천은 광덕산과 화악산 줄기를 따라 광덕계곡─삼일계곡─곡운구곡 등 절경의 물길을 이루며 굽이굽이 흐릅니다. 영화「흐르는 강물처럼」에서 주인공 브래드 피트가 가득한 저녁 햇살 속에서 낚싯줄을 던지는 장면이 떠오릅니다. 지촌천에서도 꼭 그와 같이 할 수 있습니다. 하지만 지금은 산책 시간이지요.

아름다운 지촌천 위에 살짝 얹은 다리를 건너면 소태벌이란 작은 벌판입니다. 절경의 용소(沼)와 너른 들이 있는 마을, 소태벌의 가을 황금 들녘이 물결칩니다. 들판 지나 언덕을 넘으면 오탄리 온새미마을입니다. 산간분지인 이 동네도 그림 같습니다. 산비탈을 따라 다랑이논과 다락밭이 펼쳐져 마치 지리산 둘레길을 걷는 기분입니다. 양구의 유명한 고원분지인 '펀치볼'을 줄여서 옮겨 놓은 것 같기도 합니다.

특히 윗마을로 오르는 길에는 단풍나무 숲이 아름답고 그 숲이 끝나는 지점에 하늘이 탁 트인 고갯마루가 있습니다. 그곳에 푸르게 홀로 선 키다리 나무! 영화「엽기적인 그녀」에서 차태현과 전지현이 다시 만나기로 약속하며 타임캡슐을 묻은 나무, 영화「쇼생크 탈출」에서 극적으로 탈출한 팀 로빈슨이 가석방된 친구 모건 프리먼을 초대하는 비밀 편지를 묻은 나무, 바로 그 언덕 그 벌판의 그 나무 같습니다.

마지막으로 꽃길. 서오지리 건넛들 연꽃 단지에서 동그래마을 야생화 단지를 다녀오는 길입니다. 왕복 두 시간 거리지만 꽃도 즐겨야 하니 세 시간 잡는 게 좋습니다. 연꽃 단지는 지촌천과 북한강이 만나는 지점에 있습니다. 한여름에는 활짝 핀 연꽃이 수만 평의 호수를 가득 채웁니다. 나는 아득한 꽃에 취하고 향기에 취합니다.

꽃을 보러 정원으로 가지 마라.

그대 몸 안에 꽃 만발한 정원이 있다.

거기 연꽃 한 송이가 수천 개의 꽃잎을 안고 있다.

그 수천 개의 꽃잎 위에 가만히 앉으라.

수천 개의 꽃잎 위에 가만히 앉아서

정원 안팎으로 가득한 아름다움을 보라.

인도의 시인 카비르는 이렇게 노래했지만 연꽃이 만개하는 여름날 아침에는 연꽃 정원에 꼭 가야 합니다. 거기 수백만 송이 연꽃이 수천만 개의 꽃잎 위에 가만히 앉아 있습니다. 꽃잎은 떨어졌지만 가을날의 연꽃 정원도 찬란합니다. 그곳을 지나 야생화 단지로 가는 길은 숲과 물이 바짝 붙어 동행합니다. 문명의 흔적과 소음이 없는 이 길은 북한강 물길의 백미일 것입니다.

어느 날 저녁 야생화 단지에 들어서니 이동원의 「이별 노래」가 흐릅니다. 나는 꽃과 노래에 잠겨 눈을 감습니다. 이곳을 일군 동그라마을 촌장은 야생화에 홀린 분입니다. 연꽃단지를 일군 분은 연에 홀린 분입니다. 두 분 다 외지인인데 화천군을 설득해서 10여 년 동안 이 단지를 만들고 가꿨습니다. 그런데 두 분이 아주 친합니다. 서로 통하는 데가 있나 봅니다.

나는 강길, 산길, 들길, 꽃길을 매일 하나씩 골라 걷습니다. 이 길은 모두 집에서 가고 오기 좋은 길입니다. 언제나 거닐 수 있는 사랑하는 나의 길입니다. 물론 이 길 말고도 빼어난 길이 많습니다. 화천은 산첩첩 물 겹겹이라 어디를 가든 산이고 물입니다. 어디로 가든 산길이고 물길입니다. 화천댐과 춘천댐 사이의 북한강 물줄기를 따라 걷는 길만 '산소 100리 길' 40km입니다. 강길과 꽃길도 이 길의 일부입니다. 이런 길을 걷지 않으면 길에 대한 실례입니다. 무례입니다. 이 가을, 당신과 함께 이 길을 걷고 싶습니다. 이 길에 예의를 다하고 싶습니다. 예를 다하는 방법은 다음과 같습니다.

천천히 걷습니다.

즐겁게 걷습니다.

마음 놓고 걷습니다.

걷기 위해 걷습니다.

나를 홀린 오지 숲길

소로가 '월든'으로 간 이유는? 소로는 말합니다.

내가 숲 속에 들어간 이유는 신중한 삶을 영위하기 위해서, 인생의 본질적인 사실들만을 직면하기 위해서, 그리고 인생에서 꼭 알아야 할 일을 과연 배울 수 있는지 알아보기 위해서, 그리고 죽음의 순간에 이르렀을 때 제대로 살지 못했다는 사실을 깨닫지 않기 위해서였다. 삶이란 그처럼 소중한 것이기에 나는 삶이 아닌 것은 살고 싶지 않았고, 도저히 불가피하기 전에는 체념을 익힐 생각도 없었다. 나는 깊이 있게 살면서 인생의 모든 정수를 뽑아내고 싶었고, 강인하고 엄격하게 삶으로써 삶이 아닌 것은 모조리 없애 버리고 싶었다. *

내가 산골로 온 이유도 그러합니다. 소로처럼, 월든처럼, 인생의 본질적인 사실들만 직면하기 위해서. 인생에서 꼭 알아야 할 일을 과연 배울 수 있는지 알아보기 위해서. 삶이 아닌 것은 모조리 없애 버리고 싶어서. 죽음의 순간에 제대로 살지 못했다는 미련을 갖지 않기 위해서. 아름다운 글로 자연을 노래하고 깊은 사유로 영혼을 두드린 헨리 데이비드 소로. 그는 삶을 엉뚱한 곳에 낭비하지 말라고 합니다. 삶을 간결하게 하라고 합니다. 가볍고 자유롭게 살라고 합니다. 그렇게 하려고 합니다. 소로처럼! 월든처럼!

늦가을 추위에 낙엽이 우수수 떨어졌습니다. 나무는 이제 가지를 싹 비웠습니다. 화창한 봄날에 꽃눈을 맞았는데 어느새 해가 기울고 있습니다. 곧 첫눈이 오겠지요. 올해도 많이 걸었습니다. 가볍게, 자유롭게 흘렀습니다. 올해 아찔하게 나를 홀렸던 길을 꼽으라면 다섯 곳입니다. 이 길에도 나만의 이름을 붙여야겠습니다. 집다리길, 해령길, 만령길, 화령길, 물안길!

나는 숲길이 좋습니다. 느긋하게 산허리를 감고 도는 숲 속의 길을 걸으면 마음이 평화롭습니다. 길섶에 핀 야생화를 만나고, 나뭇잎 사이로 비치는 햇살과 놀고, 스치는 바람결을 즐기다가 앞자락이 탁 트인 마루턱에 서면 가슴이 뻥 뚫립니다. 나는 눈을 감고 세상의 기운을 실컷 받아들입니다. 천지와 하나되어 걸림 없는 자유를 누립니다. 나를 사로잡은 다섯 군데 길도 이런 길입니다. 이제 이 길로 당신을 초대합니다. 이 길 또한 나 혼자 걷기 아깝습니다.

먼저 집다리길. 화악산 집다리골 자연휴양림에서 시작하는 임도입니다. 길은 화악산을 빙 두르며 몇 갈래로 나뉩니다. 화악산 둘레길이라 할 만합니다. 긴 코스는 15km를 넘어 대여섯 시간 걸립니다. 너무 길면 지암삼거리나 조갯골삼거리쯤에서 끊어 되돌아오면 됩니다.

한여름 무더위를 피해 찾아든 이 길에 나는 홀딱 반했습니다. 길섶의 푸른 산수국이 꿈결 같았습니다. 끝없이 이어지는 짙은 숲길! 꽃과 나무, 물과 바위, 빛과 그늘이 어울려 춤추는 길! 지암삼거리 쪽으로 가는 길에는 환상적인 자작나무 숲이 있습니다. 10여 년 전 자작나무 5만 그루를 심어 가꾼 숲입니다. 햇살이 비치면 이 숲에도 정령이 깃들어 환한 빛을 냅니다. 나는 신비로운 기운에 숙연해집니다. 가을 단풍도 빼어납니다. 울긋불긋한 단풍 터널과 흩날리는 낙엽과 눈부신 햇살에 취해 종일토록 걸을 수 있습니다.

다음은 해령길. 해산령에서 비수구미(秘水九美) 마을로 내려가는 심심산골의 계곡길입니다. 해산터널을 지나면 바로 오른쪽 옆으로 길 입구가 보입니다. 여기서부터 6km를 편안하게 내려갑니다. 크고 맑은 계곡이 걷는 내내 함께 합니다. 1194m 해산은 우람합니다. 옛날에는 호랑이가 살았다고 합니다. 정말 그랬을 것 같습니다.

평화의 댐 근처인 비수구미 마을은 파로호 깊숙한 곳의 오지입니다. '秘水九美'라는 한자를 풀이하면 '신비로운 물이 빚은 아홉 가지 아름다운 경치'라는 뜻입니다. 비수구미 가는 길이 정말 그렇습니다. 온 세상이 숲의 나라, 물의 나라입니다. 비수구미 마을은 오래전 화천댐과 파로호가 생기면서 길이 막혀 오지 중의 오지가 됐습니다. 지금은 파로호 선착장에서 배를 타고 들어가는 게 가장 편합니다. 아니면 평화의 댐 근처에서 비포장길로 빠져나와 주차한 다음 20여 분 걸어 들어가야 합니다. 파로호를 마주한 이 길도 아찔하게 아름답습니다. 앞의 두 가지 방법이 아니면 해산 자락을 타고 넘거나 저처럼 해산령에서 걸어 내려가야 합니다.

얼마 전 조카와 함께 만추의 이 길을 걸었습니다. 단풍은 기울고 낙엽이 흩날렸습니다. 햇살이 드는 쪽은 철없는 진달래가 피어 봄날 같고, 그늘진 곳은 눈서리와 살얼음이 끼어 한겨울 같았습니다. 봄과 가을과 겨울이 섞인 이 길은 지금도 좋지만 녹음 우거지고 물 넘치는 여름에 꼭 와야 할 길이었습니다.

다음은 만령길. 만산령 꼭대기 근처에 있는 임도입니다. 973m 만산을 넘어가는 만산령은 긴 고갯길입니다. 청명한 초가을 오후, 만산령 끝자락에 멋진 장승공원이 있다기에 구운리 만산동 입구에 차를 세우고 산길을 올랐습니다. 서쪽으로 기우는 햇살이 눈부십니다. 그런데 길이 가도 가도 끝이 없습니다. 산 높고, 계곡 깊고, 고개 깁니다. 산천어 밸리 지나고, 풍차 펜션 지나고, 비례바위 지나고……. 두 시간 가까이 걸어 그곳에 이르렀습니다. 별난 장승들이 줄지어 환영하는 곳! 7년 전 조각하는 분과 부인이 터를 잡고 만든 그곳은 만산령 꼭대기의 천국이었습니다.

만산동 맑은 계곡은 이곳에서 두 줄기 개울을 만나 본격적으로 아래로 펼쳐집니다. 조각하는 주인장은 이곳에 음기가 강하기 때문에 남근을 닮은 장승들을 도열시키고 있다고 했습니다. 만령길은 이곳을 중심으로 4km가량 빙 둘러 있습니다. 인적 드문 높은 곳에 자리한 하늘길입니다. 전망이 트이고 하늘이 넓게 열려 눈이 시원합니다. 고요한 길에 새소리가 맑습니다. 나무들은 해를 향해 비스듬히 몸을 기울였습니다. 깎아 낸 암벽과 바위도 사선으로 시루떡 같은 지층을 이뤄 인상적입니다. 해령길이 여름길이라면 만령길은 겨울길입니다. 한겨울 눈 쌓인 이 길을 걸으며 시린 하늘을 바라보면 마음도 순백이 될 것 같습니다. 나는 겨울에 이 길을 꼭 걸을 것입니다.

다음은 화령길. 화악산 삼일계곡 끝에 있는 임도입니다. 1468m 화악산은 중후하고 수려합니다. 해산이 화천의 지리산이라면 화악산은 화천의 설악산입니다. 굽이굽이 삼일계곡을 오르다보면 산마루에 가평으로 넘어가는 화악터널이 있습니다. 이 터널 앞 약수터에서 오른쪽으로 난 숲길이 화령길입니다. 산꼭대기에 있는 공군부대와 포병부대에 이르는 옛길인데 터널이 뚫리기 전에는 이 길로 화악산을 넘나들었다고 합니다.

추석날 차례를 마치고 아들과 함께 이 길을 걸었습니다. 단풍이 시작된 그 길에 가을꽃들이 피어 아름다웠습니다. 배초향, 꽃향유, 구절초, 까실쑥부쟁이, 벌개미취, 고들빼기꽃, 미역취, 산국……. 그 사이사이에 금강초롱, 각시투구꽃, 동자꽃, 용담, 이질풀 같은 보기 드문 야생화들이 얼굴을 내밉니다. 나는 깊은 산속에 숨은 야생화 꽃길에 홀려 꿈꾸듯 걸었습니다.

이 길 입구에 있는 약수터는 물맛이 정말 산뜻합니다. 서울 정릉에 사신다는 나이 지긋한 부부는 20여 년간 이 물만 담아 마신다고 하더군요. 이 약수터에서 물맛을 보고 가평 쪽으로 터널을 지나면 망망대해처럼 시야가 트여 절로 감탄사가 나옵니다. 먼 하늘에 산들이 굽이치며 달립니다. 1000m가 넘는 명지산과 연인산의 줄기들입니다.

마지막으로 물안길. 옆 동네인 춘천 신포리와 원평리 사이에 숨어 있는 물길입니다. 북한강을 은밀하게 품어 안고 있습니다. 물과 숲과 길이 어우러져 한 폭의 그림 같습니다. 고요하고 평화롭고 이국적이기까지 해서 어떤 때는 스위스나 캐나다의 전원을 걷는 기분입니다. 절반은 포장된 길인데 지나는 차가 드물어 한적합니다. 마음이 번잡하고 머릿속이 복잡할 때 이 길을 천천히 걸으면 좋겠습니다. 잔잔하게 흐르는 강물 따라 번잡한 감정도 흘러갈 것입니다. 두둥실 떠 가는 구름 따라 복잡한 생각도 떠 갈 것입니다.

어디든 빨리 가기 위해 서둘러 걸으면 마음도 바빠집니다. 이런 걷기는 즐겁지 않습니다. 그러나 걷기 위해 걸으면서 걷는 것을 즐기면 그것은 일종의 명상입니다. 이런 걷기는 몸과 마음을 정화시킵니다. 걷는 것만으로도 새롭게 거듭날 수 있습니다. 그것이 행선(行禪)이고, 순례일 것입니다. 나의 걷기는 어떤 것인지 오늘 산책길에 다시 한 번 살펴봐야겠습니다.

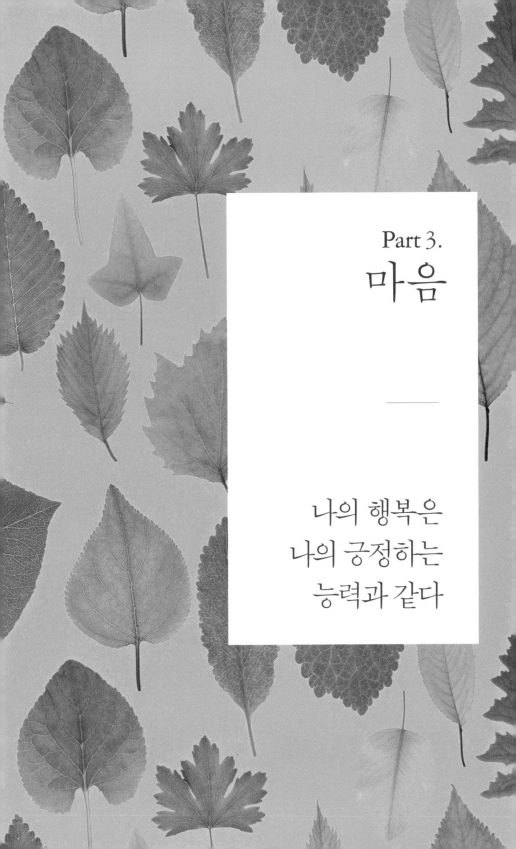

Part 3.
마음

―――

나의 행복은
나의 긍정하는
능력과 같다

개자식 천사

1.

개새끼, 개놈, 개 같은 놈, 개만도 못한 놈……. 세상에 개자식이 많다. 이 개자식이 다 천사다. 그러니까 '개자식 천사'다. 영어로 하면 'fuck you angel'이랄까.

개자식 뒤에 천사를 붙일 수 있으면 대단하다. 우선 여기까지 노력해 보자. 개자식 천사! 세상엔 참 개자식 천사가 많다. 그다음에는? 그거야 앞의 것을 뺀다. 개자식 빼고 천사! 그래서 세상 사람들은 다천사가 된다. 이제 됐다. 나도 천사가 된 것이다.

'개자식 천사'는 내가 만든 말이 아니다. 이 말은 독일의 베스트셀러 작가이자 심리학자인 로베르트 베츠가 했다. 그는 당신이 만나는 사람 중에 우연히 나타나는 사람은 아무도 없다고 한다. 당신은 결코 잘못된 배우자, 집주인, 동료, 사장, 이웃을 둔 적이 없다고 한다. 당신이 바라는 대로 그들이 행동하지 않아서 머리끝까지 화가 났다 해도 그들은 삶에 시의적절하게 나타난 것이라고 한다.

이성은 가능한 한 오래도록 타인이 나에게 상처를 입혔다는 믿음을 견지한다. 하지만 진실은 이렇다. 우리 스스로가 상처를 입혔고 상처 주는 일을 계속 반복한 것이다. 우선 이 진실을 명백하게 깨달아야 자신에 대한 생각과 행동을 수정할 수 있다. 바로 그 이유로 삶이 '개자식-천사'를 등장시켜 당신을 부추기는 것이다. 그런데도 보통 사람은 이 사실을 깨닫지 못하고, 거울을 들여다보고 코에 묻은 얼룩을 보고는 거울을 닦기 시작한다. 다시 말해 타인을 탓하고 비난하면서 결국 그 일로 계속 고통스러워하는 것이다.*

그러니까 미운 사람은 다 '개자식 천사'다. 오늘은 누가 미운가? 아내가? 남편이? 애들이? 애인이? 직장 상사가? 동료가? 손님이? 그렇다면 그들이 바로 개자식 천사다. 당신은 운 좋은 사람이다. 천사들에 둘러싸인 행복한 사람이다.

그 천사가 좀 고약한가? 아주 악질인가? 세상에 수호천사만 있으란 법은 없다. 개자식 천사도 천사다. 그도 어떤 이유가 있어서 때맞춰 나타난 천사다. 그 천사는 나를 도우러 왔다. 나를 깨우치러 왔다.

그 착한 천사가 나를 일깨우기 위해 악역을 하는 심정이 오죽하겠나? 나는 개자식 천사의 고충을 이해하고 감사해야 한다.

경남 양산의 효암학원 교정에는 '쓴맛이 사는 맛'이라고 새겨 넣은 돌멩이가 있다. 이 학교 이사장인 채현국 선생이 교명을 쓰려고 가져온 돌에 달리 새긴 말이라 한다. 채현국 선생은 한때 개인 소득세 납부액이 전국에서 열 손가락 안에 들 정도의 거부였다. 서울대 철학과를 나왔지만 부도 위기에 몰린 부친의 가업을 떠맡아 1960, 70년대 삼척 도계의 흥국탄광을 일으켜 세웠다. 그러나 유신 시대 이 일도 접고 어려운 이웃과 핍박받는 민주 인사들을 소리 소문 없이 도왔다고 한다. 1935년생이니까 이제 여든이다. 다음은 「한겨레신문」에 실린 인터뷰 한 대목이다.

Q. 정약용 같은 사람은 죽기 훨씬 전에 자기 비문을 썼다는데, 만일 그런 식으로 선생의 비문을 스스로 쓴다면 뭐라고 하고 싶으신가?

A. 우리 학교에 가면 '쓴맛이 사는 맛'이라고 돌멩이에 쓰여 있다. 원래 교명을 쓰려고 가져왔는데 한 귀퉁이가 깨져 있었다. 깨진 돌에 교명을 쓰는 게 안 좋아서 무슨 다른 말 한 마디를 새겨볼까 하다가 그 말이 생각났다. 학생들한테 '이거 어떠냐?' 물었더니 반응이 괜찮더라. 비관론으로 오해하는 놈도 없고.

Q. 그 말이 비관론이 아닌가?

A. 아니지. 적극적인 긍정론이지. 쓴맛조차도 사는 맛인데……. 오히려 인생이 쓸 때 거기서 삶이 깊어지니까. 그게 다 사람 사는 맛 아닌가.

Q. 그럼 비문에 "쓴맛이 사는 맛이다" 이렇게?

A. 그렇게만 하면 나더러 위선자라고 할 테니 뒤에 덧붙여야지. '그래도 단맛이 달더라' 하고. (웃음)

Q. "쓴맛이 사는 맛이다…… 그래도 단맛이 달더라." 뭐가 인생의 단맛이던가?

A. 사람들과 좋은 마음으로 같이 바라고 그런 마음이 서로 통할 때……. 그땐 참 달다. (웃음)

인생의 쓴맛 단맛을 실컷 맛보고 우려낸 달관이 느껴진다. 쓴맛이 사는 맛이다! 고통의 치유제는 고통 안에 있다! 이런 적극적인 긍정 속에 나의 삶은 깊어진다. 내게 쓴맛을 안긴 사람을 개자식이라 하지 않고 개자식 천사라 받아들이는 긍정이 나를 행복으로 이끈다. 개자식 천사에서 개자식을 떼어 내는 위대한 긍정이 나를 천사들의 나라로 이끈다.

개자식은 나를 지옥으로 끌어들인다. 그 개자식 뒤에 천사를 붙이면 나는 개자식 천사와 함께 지옥문을 나올 수 있다. 이제 앞의 개자식을 떼어 낼 차례다. 그러면 나는 천국으로 들어간다. 나는 지상에서 천국의 문을 열 수 있다. 그 열쇠는 인생의 쓴맛을 사는 맛으로 받아

들이는 적극적인 긍정, 개자식 천사에서 개자식을 떼어 내는 위대한
긍정에 있다.

2.

"자네 천사를 본 적 있나?"

"아니요?"

"천사란 다른 사람을 천사로 보는 마음을 가진 사람이라네. 내가 천
사의 영혼을 가지면 무수한 다른 천사를 만나게 된다네. 왜냐면 내면
에 사랑이 있는 사람은 언제나 사랑으로 세상을 보기 때문이라네." •

천사의 눈에는 천사만 보인다. 붓다의 눈에는 붓다만 보인다. 지금
내 눈에는 누가 보이나? 조선을 세운 이성계가 그를 도운 무학대사에
게 농을 건다.

이성계: 대사의 얼굴이 마치 돼지 같구려.

무학: 전하의 용안은 부처님 같습니다.

이성계: 나는 대사에게 돼지라 했거늘 대사는 어째서 나에게 부처
라 하는가?

무학: 돼지 눈에는 돼지만 보이고 부처 눈에는 부처만 보입니다.

"Yes"라고 외칠 때마다 천국으로 가는 징검다리가 놓인다.
'Yes'는 이해와 존중과 감사를 담은 영혼의 만트라다.

졸지에 돼지가 된 이성계가 무학대사에게 혼쭐을 냈다는 기록은 없다. 일국의 왕이 돼지처럼 속이 좁지는 않았으리라. 호걸 이성계는 호탕하게 웃는다. 상황을 통 크게 받아들이고 무학에게 한 수 배운다. 이제 왕에게 무학은 '개자식 붓다'쯤 됐으리라. 개자식 붓다에서 앞의 개자식을 떼어 내는 일이 남았으리라.

이런 긍정은 쉽지 않다. 그것은 단순한 처세가 아니다. 기술적인 코칭이 아니다. 성공을 위한 사교술이 아니다. 그보다 훨씬 차원 높은 영적인 것이다. 그것은 내 영혼에 이르는 다리다. 내 영혼은 모든 것을 받아들인다. 모든 것을 품어 안는다. 태양이 온 세상을 비추듯, 바다가 모든 시내를 품듯, 땅이 뭇 생명을 기르듯! 내 영혼의 나라에는 'No'가 없다. 오로지 'Yes'만 있다. 명상가 타라 브랙은 말한다.

· 우리가 수용할 수 있는 것의 경계가 우리 자유의 경계다.
· 무언가 잘못되었다는 느낌은 내가 항상 호흡하고 있는 보이지 않는 유독 가스다.

같은 말을 달리해 보자.
· 나의 행복은 나의 긍정하는 능력과 같다.
· 내가 긍정하는 만큼 내 안의 유독 가스가 걷힌다.

절대적인 긍정과 받아들임, 무조건적인 사랑이 천국의 법이다. 내가 "Yes"라고 외칠 때마다 천국으로 가는 징검다리가 놓인다. 'Yes'는 이해와 존중과 감사를 담은 영혼의 만트라다. 자유와 사랑과 행복을 부르는 신비의 주문이다. 그러니까 지금부터 내가 할 일은 'Yes'를 더하고 'No'를 빼는 것이다. 개자식에 천사를 더하고, '개자식 천사'에서 개자식을 빼는 것이다. 그래서 'Yes'만 남을 때, 천사만 남을 때 내마음에 천국이 들어선다. 나는 수많은 천사들과 천국을 노니는 천사가 된다.

나의 불안 지수는?

당신이라면 다음 두 가지 상황 중 어느 쪽을 고르겠나?

1. 나는 연봉이 4000만 원인데 주변 사람들은 2000만 원이다.
2. 나는 연봉이 5000만 원인데 주변 사람들은 1억 원이다.

1. 나는 IQ가 110인데 주변 사람들은 90이다.
2. 나는 IQ가 130인데 주변 사람들은 150이다.

1. 나는 신체 매력도가 6인데 주변 사람들은 4다.
2. 나는 신체 매력도가 8인데 주변 사람들은 10이다.

고민된다. 미국 하버드 대학에서 같은 질문으로 실험을 했다. 결과는? 예상대로다. 대부분 1번을 선택했다.

그렇다면 나는? 나는 2번이다. 2번을 고른 다음 얼른 이사 간다. 나보다 못 벌고, 나보다 머리 나쁘고, 나보다 못생긴 사람이 많은 동네로! 이사가 불가능하다면? 흠, 그래도 나는 2번이지. 행복은 성적순이 아니니까. 어쨌든 나는 잘생기고, 머리 좋고, 잘 벌고 있으니까.

1번을 선택한 사람에게 행복은 성적순이다. 그것은 나와 남을 비교한 상대적 우위에서 온다. 나를 앞선 사람이 있으면 내 행복은 부족하다. 나는 더 벌어야 한다. 더 가져야 한다. 더 올라야 한다. 더 유명해져야 한다.

하지만 아무리 벌고 갖고 오르고 유명해져도 내 앞에 또 누가 있다. 나는 그를 제쳐야 한다. 뒤에선 누군가 바짝 쫓아오고 있다. 그는 나를 제치려 한다. 이렇게 물고 물리는 추격적은 끝이 없다. 상대적 우위는 항상 상대적이다.

더구나 요즘 세상에는 상대할 것이 너무 많다. 견주고 겨룰 것, 제치고 고를 것이 흘러넘친다. 만성 결핍이 아니라 만성 과잉 상태다. 그런데도 뭔가 부족한 것 같다. 독일에서 기자이자 심리학자로 활동하는 바스 카스트는 "우리는 많이 가지고 있음에도 만족하지 못하는 게 아니라 많이 가지고 있기 때문에 만족하지 못한다"고 지적한다.

나는 지금 하고 싶은 게 많다. 할 수 있는 게 많다. 해야 할 것도 많다. 그래서 오히려 불안하다. 불행하다. 수많은 기회와 선택지들이 나

를 옥죈다. 바스 카스트는 이런 개인적인 불안의 정도를 아래와 같은
공식으로 측정하자고 한다.

개인적인 불안 지수

$$10 - \left(\frac{행한\ 일}{할\ 수도\ 있고,\ 하고\ 싶어\ 하며,\ 해야\ 하는\ 일} \times 10 \right)$$

이 지수는 0에서 10까지이고. 숫자가 높아질수록 불안 속에 사는
것이다. 다음은 실습문제.

문제1. 오늘 할 일이 열 가지이고, 오늘 한 일이 세 가지라면 나의 불안 지수는?

답은 공식에 따라 $10-(3/10 \times 10)$. 즉 7이다.

**문제2. 할 수 있고, 하고 싶고, 해야 할 일이 100가지이고 한 일이 열 가지라면
나의 불안 지수는?**

답은 $10-(10/100 \times 10)=9$

할 일이 100가지나 되니 어떤 일을 먼저 해야 할지 헷갈린다. 열 가
지만 하고 90가지를 남겨 두니 뒷맛이 개운치 않다. 이런 심란한 상황
을 해결하는 방법은 두 가지다. 첫째, 분자를 키운다. 한 일을 늘인다.
둘째, 분모를 줄인다. 할 일을 덜어 낸다.

보통의 해법은 첫 번째다. 더 많이, 더 바삐, 더 열심히 일한다. 100가

지 일을 다 한다. 성과가 빛난다. 대신, 고되다. 버겁다. 고달프다. 두 번째 해법은 별로 인기가 없다. 덜 벌고 덜 이룬다. 열 가지 일만 한다. 성과가 별로다. 대신, 쉽다. 편하다. 널널하다. 당신이라면 어느 쪽을 고르겠나? 나는 이번에도 두 번째다. 덜 벌고 덜 이루는 대신 쉽고 편히 산다.

사실 첫 번째 방법엔 치명적 오류가 있다. 일이 일을 부르기 때문이다. 일을 할수록 일이 늘어난다. 일 하나를 욕심 내면 앞뒤로 일 열 개가 따라온다. 이 일을 하면 저 일이, 저 일을 하면 또 다른 저 일이 따라온다. 이렇게 줄줄이 따라붙는 일이 모조리 할 일에 가담해 분모를 키운다. 욕망이란 전차는 멈추지 않는다. 달리고 또 달린다. 끝없이 이루고 성취한다. 하지만 나는 여전히 부족하다. 불안하다. 나의 불안 지수는 도무지 내려가지 않는다.

그러니까 불안 지수를 낮추는 방법은 두 가지가 아니다. 오직 한 가지다. 할 일을 덜어 분모를 줄일 것! 욕심을 덜어 욕망을 다스릴 것!

이것은 최고로 맛있는 것을 먹는 법과 똑같다. 이 방법도 두 가지다. 하나, 최고로 맛있는 음식을 찾아다니며 먹는다. 신난다. 폼 난다. 대신 바쁘다. 돈이 많이 든다. 둘, 무엇을 먹든 최고로 맛이 있게 속을 비운다. 신나지 않는다. 폼 나지 않는다. 대신 느긋하다. 돈이 안 든다. 당신은 어느 쪽인가? 나는 이번에도 두 번째다.

맛에 탐닉해서 맛 쇼핑을 하고 맛 관광을 다니는 것도 좋지만 배부르면 다 소용없다. 속이 더부룩하면 어떤 산해진미도 맛이 없다. 만성

과식과 변비에 비만 노이로제라면 먹는 게 고통이다. 이보다는 배고플 때 먹는 밥 한 공기가 훨씬 맛있다. 약수터에 올라 마시는 물 한 모금이 훨씬 달콤하다. 산에서 내려와 걸치는 막걸리 한 사발이 훨씬 짜릿하다. 밥 한 공기, 물 한 모금, 막걸리 한 사발의 이치! 수십 년 먹고 살다 보니 나도 이 정도 이치는 깨치겠다. 정리하자. 나의 불안 지수를 낮추고 잘 먹고 잘 사는 법!

첫째, 잘 먹는 법. 맛있는 것을 너무 많이 먹지 말 것. 배고플 때까지 먹지 말 것.

둘째, 잘 사는 법. 폼 나는 일을 너무 많이 벌이지 말 것. 꼭 하고 싶은 일을 꼭 하고 싶을 때 할 것.

우리는 잘 먹고 잘 살려고 이 세상에 왔지 많이 먹고 많이 일하려고 이 세상에 온 게 아니니까.

———

잘 먹는 법. 배고플 때까지 먹지 말 것!
잘 사는 법. 꼭 하고 싶을 일을 꼭 하고 싶을 때 할 것!

행복과 건강을 위한 마음 실험

1.

젊게 살면 젊어진다! 정말 그럴까? 물론이다. 그냥 젊다고 생각하기만 해도 젊어진다. 그렇다면 당연히 그리 살 일이다. 젊다고 생각하고 젊게 살 일이다. 그러면 젊어진다는데 마다할 이유가 없다. 이거야말로 밑져야 본전인 게임이다. 절대로 손해 보지 않는 장사다.

혹시 그럴 리가 없다는 분이 계실까? 의심이 많은 세상이니 없지는 않겠다. 그런 분들을 위해 미국 하버드 대학교의 한 교수님이 실험을 하셨다. 엘렌 랭어라는 저명한 심리학과 여교수다. 이분이 1979년 여든 전후의 할아버지들을 대상으로 인생 시계를 20년 거꾸로 돌려 보는 실험을 한다. 이른바 '시계 거꾸로 돌리기 연구

(counterclockwise study)'다.

실험 방법은 이렇다. 1979년 9월에서 20년의 세월을 되돌려 1959년 9월의 세상을 만든다. 응답하라 1959! 장소는 한적한 옛 수도원이다. 그곳은 1959년의 완전 재판이다. 매일 일어나는 사건도, 그걸 알리는 뉴스도, 야구 경기도, 개봉 영화도, TV와 라디오 프로그램도 모두 그때 그것이다. 냇 킹 콜의 노래가 유행하고, 영화 「벤허」가 히트를 친다. 미국 최초의 인공위성 익스플로러 1호가 발사됐다고 흥분한다. 여자들은 새로 나온 팬티스타킹에 반한다.

이제 이곳으로 각각 여덟 명씩 두 그룹의 할아버지들을 모신다. 그들은 요술처럼 20년 전으로 돌아간 세상에서 일주일을 지내게 된다. 특히 실험군인 한 그룹은 20년 전의 과거를 반드시 현재형으로 말해야 한다. 그러니까 정말 20년 전의 내가 되어 오늘이 1959년 9월인 양 살아야 한다. 당연히 그 이후에 일어난 일에 대해서는 말할 수 없다. 대조군인 또 한 그룹에는 이런 제약이 없다. 그냥 20년 전의 추억을 즐겁게 회상하면 된다. 과거형으로 "아~옛날이여"를 읊으면 된다. 실험군은 '젊다고 생각하고 젊게 살기', 대조군은 '젊게 살기'에 해당한다.

결과는 어떨까? 두 그룹 모두 젊어졌다. 청력과 기억력이 향상되고, 체중이 평균 1.5kg 늘었다. 손으로 쥐는 힘도 세졌다. 특히 실험군은 관절 유연성과 손가락 길이, 손놀림, 키, 걸음걸이, 자세 등이 월등이 좋아졌다. 지능 검사 점수는 63%가 향상됐다. 대조군의 44% 보다 훨씬 높다. 실험 전과 실험 후의 사진을 제3의 관찰자들이 비교한 결과에서도 실험군은 전원이 "훨씬 젊어 보인다"는 평가를 받았다. 역시 젊게 살면 젊어진다. 젊다고 생각하고 젊게 살면 더 젊어진다.

사실 서양 사람들은 너무 당연한 걸 실험한다. 어떤 때는 꼭 '허무개그' 같다. 구구절절 엄정한 논리와 근거를 들이대면서 심각하게 이야기한다. 그래서 뭔가 대단한 게 있나 보다 하고 따라가 보면 십중팔구 별게 아니다. 그래도 그처럼 시시콜콜 따지고 꼬치꼬치 실험하는 연구 자세가 오늘날의 첨단 과학문명을 이룩했으리라. 랭어 교수의 실험도 비슷하다. 너무 당연한 것 같지만 그걸 꼼꼼히 되짚어 냄으로써 그것이 주는 메시지는 더욱 강력해졌다. 랭어 교수가 한마디로 정리한 메시지는 이것이다.

"우리를 울타리에 가두는 것은 신체적인 자아가 아니라 신체적인 한계를 믿는 우리의 사고방식이다."

랭어 교수는 "우리를 위축시키는 사고방식이나 건강과 행복에 대해 우리가 설정해 둔 한계로부터 스스로를 해방시키고, 스스로 자신의 건강을 챙기는 수호자가 되는 일의 중요성을 깨달아야 한다"고 당부한다. 그러기 위해 "몸에 일어나는 작은 변화를 감지해 더 큰 문제로 발전하기 전에 해결할 수 있도록 의식을 집중해서 자신의 신체를 대하자"고 한다. "몸의 어떤 특정 부위를 아무 생각 없이 대함으로써 자아에 대해 더욱 깊이 경험할 기회를 차단하지 말라"고 한다.

나는 이 말에 전적으로 공감한다. 나의 '건강 주권'은 나에게 있다.

나는 이 주권을 잘 지켜야 한다. 함부로 남에게 넘겨주면 안 된다. 내 몸을 가장 잘 아는 사람은 나다. 내가 건강한지 아닌지 진짜 몸으로 알 수 있는 사람도 나다. 그러니까 나는 항상 내 몸에 깨어 있어야 한다. 부드러운 자각의 불을 켜고 내 몸을 바라보아야 한다. 내 몸의 크고 작은 변화를 민감하게 알아차려야 한다.

내 몸은 놀라운 '신의 공장'이다. 이처럼 정교하고 지능적인 유기체를 만들려면 잠실운동장만한 슈퍼컴퓨터로도 안 된다. 더구나 이 공장은 막강한 방위군을 갖고 있다. 이 군대를 '면역軍'과 '치유軍'이라고 하자. 나는 이 방위군의 사기를 높여 내 몸을 굳건하게 유지해야 한다. 그것이 내 몸을 내가 지키는 '건강 주권'의 비결이다.

나는 나의 건강 주권을 잘 지키고 있나? 랭어 교수의 훈수에 따라 다음 몇 가지를 따져보자.

1. 함부로 몸을 굴리고, 과음하고, 줄담배를 피우는가? 그렇다면 나는 건강 주권을 포기했다. 자폭하고 있다.

2. 매일매일 내 몸에서 일어나는 크고 작은 변화를 알아차리는가? 그렇다면 나는 내 몸을 부드럽게 자각하고 있다. 건강을 위한 사주경계를 잘 하고 있다.

3. 스스로 느끼는 것보다 건강검진 결과나 의료 검사 수치에 더 민감한가? 그렇다면 나는 내 몸에 대한 자각보다 의학적 판단을 우선하고 있다. 내 몸에 대한 주도권을 외부로 넘겼다.

4. "내가 이걸 어떻게 해? 나는 힘들어 못 해! 이거 하면 병 나!" 이

런 말을 자주하는가? 그렇다면 나는 스스로 신체적인 한계의 울타리에 갇혔다.

5. 공연히 불안한 생각에 사로잡혀 몸과 마음이 위축되는가? 그렇다면 나는 스스로 부정적인 사고방식의 틀에 갇혔다. 건강을 너무 염려하면 건강을 해치고, 병을 너무 겁내면 병에 걸린다.

6. 몸은 몸이고 마음은 마음이라고 생각하는가? 그렇다면 나는 내 몸 구석구석을 아무 생각 없이 대함으로써 자아에 대해 깊이 성찰할 기회를 차단하고 있다.

의사도 중요하고 약도 중요하다. 검사도 중요하고 치료도 중요하다. 그러나 마음가짐은 훨씬 더 중요하다. 건강에서도 마음의 위력이 가장 세다. 마음이 삶을 긍정하면 몸은 그에 따른다. 그러니 젊게 생각하고 젊게 살자. 20년 젊게 생각하면 20년 젊어질 수 있다. 그것은 어려운 일이 아니다. 마음의 시계를 20년 되돌리기만 하면 된다. 부드러운 자각으로 내 몸에 주목하기만 하면 된다. 나머지는 젊은 마인드로 거듭난 내 몸의 방위군, 면역軍와 치유軍이 알아서 할 것이다.

2.

마음의 끝에 신의 나라가 있다. 나는 마음을 통해 신의 나라의 입구에 이른다. 그러니 마음은 얼마나 넓고 깊고 큰가. 그런데 내 마음은 얼마나 좁고 얕고 작은가. 내 마음을 바다처럼 넓히면 나는 평화의 나라에 이를 수 있다. 내 마음을 호수처럼 맑히면 나는 지혜의 나라에 이를 수 있다. 내 마음을 하늘처럼 비우면 나는 자유의 나라에 이를 수 있다. 내 마음의 수준이 곧 나의 수준이다. 동양에서는 이런 진실을 아주 오래전에 간파했다. 일체유심조(一切唯心造). 모든 것은 마음이 만들어 낸다! 모든 것은 마음먹기에 달렸다!

내 마음에 사랑을 담으면 사랑이 넘쳐 그대에게 간다. 내 마음에 미움을 담으면 미움이 넘쳐 그대에게 간다. 내 마음에 화를 담으면 화가 넘쳐 그대에게 간다. 그대와 나는 끝없는 '인과의 그물망'에 촘촘하게 연결되어 있다. 인연 따라 맺히고 풀리는 '업의 법칙'은 한 치의 오차가 없다. 이런 가르침은 붓다와 함께 2500년 전에 시작됐다.

서양은 이보다 훨씬 늦다. 그들이 마음에 주목한 것은 최근 100여 년 남짓이다. 정신분석학의 시조인 프로이트가 『꿈의 해석』이란 책을 낸 것이 1900년이다. 그가 정신을 분석하고 꿈을 해석한 것처럼 서양 심리학에서는 마음을 분석한다. 실험한다. 해석한다. 동양이 통째로 알아차리는 쪽이라면 서양은 일일이 뜯어서 알아내는 쪽이다.

서양 사람들이 마음을 뜯어보기 위해 얼마나 싱거운 실험을 하는지 몇 가지 사례를 더 보자. 다음은 『우분투』라는 책에서 골라낸 것이다.

1. 즐거운 사람 곁에 있으면 나도 즐거워지고, 우울한 사람 곁에 있으면 나도 우울해진다. 당연하다. 기분은 전염된다. 그래도 실험한다.

→ 하버드 대학교의 한 연구팀이 1만 2000여 명을 상대로 실험한 결과, 친구 한 사람이 어떤 까닭에서건 우울해질 경우 내가 우울해질 확률도 93% 증가한다. 행복한 친구가 곁에 있다면 나도 행복할 확률이 25% 증가한다. 그 친구가 나와 아주 친한 사이라면 확률은 63%로 올라간다.

2. 내가 웃으며 다정하게 말하면 상대도 미소 짓는다. 당연하다. 웃음은 전염된다. 그래도 실험한다.

→ 네덜란드 위트레흐트 의대 연구진이 내 표정과 목소리가 밝으면 상대도 같이 밝아지는지 실험했다. 행복한 표정과 즐거운 목소리로 대하면 상대도 행복한 표정을 담당하는 근육인 큰 광대근이 활성화됐다. 반대로 무서운 표정과 목소리로 대하면 상대도 무서운 표정을 담당하는 근육인 눈썹 주름근이 활성화됐다.

3. 좋아할수록 그 사람을 따라 한다. 당연하다. 좋아하는 사람은 서로 닮는다. 그래도 실험한다.

→ 네덜란드 레이든 대학교 연구진이 아이스크림을 가지고 실험했다. 한 그룹은 잘생긴 배우와 같이 먹었고, 또 한 그룹은 뚱뚱한 배우와 같이 먹었다. 결과는? 그거야 잘생긴 배우랑 같이 먹은 사람들이 더 열심히 그 배우를 따라 먹었다.

4. 착한 친구랑 사귀면 착해지고, 나쁜 친구랑 사귀면 나빠진다. 당연하다. 마음을 나누는 친구끼리 서로 물든다. 그래도 실험한다.

→ 캐나다 웨스턴 온타리오 대학교 연구진이 열두 살 안팎의 학생

몸을 위해 운동하듯 마음을 위해서도 운동해야 한다.
마음의 근력운동과 유산소운동을 해야 한다.

526명을 두 그룹으로 나눠 실험했다. 한 그룹은 착하고 친절한 '모범생'이고, 또 한 그룹은 거칠고 개성이 강한 '문제아'들이다. 먼저 두 집단에 속한 아이들에게 과거에 자신이 저지른 나쁜 일(도둑질이나 무단결석 등)과 착한 일을 보고하게 한다. 그다음에는 주기적으로 나쁜 친구들(먼저 시비를 걸거나 다른 아이를 왕따시키는 아이들)과 착한 친구들(친절하고 친구들 사이에서도 호감도가 높은 아이들)의 이름을 적도록 한다. 이제 3개월 뒤의 변화를 본다. 결과는 어땠을까? 모범생 그룹의 아이들은 더 착해지고, 문제아 그룹의 아이들은 더 거칠어졌다. 이 효과는 문제아 그룹에서 더 두드러졌다.

나는 『우분투』란 책을 읽다 말았다. 너무 당연한 것을 시시콜콜 다 실험하니 질리고 말았다. 그래도 자꾸 확인하니까 확신이 생긴다. 마음에 새겨지는 반복 효과가 있다. 그것은 이런 것이다.

· 내 마음에 담기는 생각과 감정은 힘이 아주 세고 전염성이 강하다.
· 내가 좋은 생각을 하고 좋은 감정을 가지면 당신도 기분이 좋아진다.
· 내 마음이 평화롭고 행복하면 당신도 평화롭고 행복해진다.

'우분투(ubuntu)'는 아프리카 줄루어로 '당신이 있기에 내가 있다'는 뜻이라 한다. 남아프리카 공화국의 투투 대주교는 이 말을 다음과 같이 풀이했다. '나는 당신과 우연히 만났고, 필연적으로 연결되어 있다.' 남아공의 흑백 갈등을 풀고 평화와 화해를 이끌었던 넬슨 만델라 전 대통령은 우분투를 '아프리카의 정신'이라 했다. 그는 "우분투를 통해 세상을 바라보면 우리는 모두 다른 사람의 인간성을 통해서만 비로소 인간다울 수 있으며, 우리가 이 세상에서 성취하려고 하는 모든 것이 다른 사람의 일이나 업적과 끈끈히 연결되어 있다는 것을 알 수 있다"고 했다.

그러니까 동양이나 서양이나 아프리카나 똑같은 것을 말하고 있다. 통째로 알아차리든 낱낱이 뜯어서 알아내든 결국 같은 결론에 이른다. 우리는 서로 깊이 연결되어 있다. 내가 행복하면 당신이 행복하고, 당신이 행복하면 내가 행복하다. 우리의 행복을 위해 나는 행복해야 한다. 나부터 행복해야 한다. 나는 언제 어디서든 행복을 선택하는 마음의 근육을 길러야 한다. 내 마음에 담기는 생각과 감정을 사랑과 평화의 기운으로 감싸는 능력을 키워야 한다. 매일매일 몸을 위해 운동하듯 마음을 위해서도 운동해야 한다. 마음의 근력운동과 유산소 운동을 해야 한다.

아침 식사 전의 진주들

———

　다들 바쁜 아침 출근 시간, 서울역 광장에서 누군가 돈 바구니를 앞에 놓고 바이올린을 켜고 있다. 노숙자 행색인데 연주는 아주 아름답다. 당신은 그 음악에 눈길을 돌리고 발길을 멈출까? 최고의 바이올리니스트 정경화나 장영주가 남루한 복장에 모자를 푹 눌러쓰고 바이올린을 켠다면 당신은 그를 알아볼까?

　2007년 1월 12일 「워싱턴 포스트」에서 비슷한 실험을 했다. 훤칠한 키와 섬세한 외모의 꽃미남 바이올리니스트, 조슈아 벨. 그가 최고의 명기 '스트라디바리우스'를 턱에 끼고 연주를 한다. 장소는 워싱턴 D.C.의 한 지하철역이고, 시간은 출근 인파로 붐비는 러시아워다. 조슈아 벨은 해진 청바지와 티셔츠 차림에 야구 모자를 눌러쓰고 있다. 이제 그의 연주에 귀 기울이는 사람은 몇이나 될까? 바로 사흘 전 보스턴 만석 공연에서는 티켓 값이 평균 100달러였는데.

조슈아 벨이 거리에서 여섯 곡을 연주하는 45분 동안 1097명이 지나갔다. 그중 일곱 명이 서서 연주를 들었고 한 명이 조슈아 벨을 알아보았다. 돈은 스물일곱 명이 32달러 17센트를 냈다. 그중 20달러는 조슈아 벨을 알아본 사람이 낸 것이다. 「워싱턴 포스트」는 당시 이 같은 실험 결과를 '아침 식사 전의 진주들'이라는 제목을 달아 전했다.

나는 어땠을까? 나라고 뭐 다르겠나. 나 또한 스쳐 갔을 것이다. 머물러 음악을 듣지 않았을 것이다. 1000원짜리 한 장 떨구지 않았을 것이다. 행복이란 내 앞의 진주를 알아보고 줍는 일이다. 내 앞에는 진주가 많다. 하지만 나는 그것을 알아보지 못한다. 멀쩡히 바라면서도 놓친다. 나는 무언가 엉뚱한 것에 홀려 있다.

여름이 되니 일어나는 시간이 빨라졌다. 어떤 때는 새벽 다섯 시에도 다 잔 것 같다. 생체 시계는 계절에 순응한다. 여름에는 날이 밝았으니 어서 일어나라 하고, 겨울에는 날이 샐 때까지 조금 더 자라 한다. 도시에서는 여름이든 겨울이든, 창밖이 환하든 깜깜하든 무슨 상관이랴. 무조건 정해진 시간에 일어나야 한다. 하지만 시골에 오니 기계적인 시간보다 계절적인 시간이 더 분명하게 작동한다. 자연의 리듬에 맞춘 생체 시계가 돌아간다.

이 시계에 맞춰 살면 진주를 발견하기 쉽다. 그때그때 가장 절절하고 생생한 것이 진주다. 여름날에는 이런 진주가 아침 식사 전에 빛난다. 고요한 새벽 기운과 짙은 숲 내음, 눈부신 햇살과 한 줄기 바람, 풀잎에 맺힌 이슬방울과 새들의 지저귐……. 내 몸의 생체 시계는 어서 일어나 아침 진주를 주우라고 재촉한다. 조금 뒤 태양이 작열하면 모두 사라질 것들을 얼른 챙기라고 속삭인다.

내 안에는 세상의 진주와 공명하는 생체 시계와 바이오리듬이 내장되어 있다. 그런데 어찌 된 영문인지 시계가 멈추고 리듬이 끊겨 엉망이 됐다. 나는 아름다운 꽃에 눈길을 주지 않는다. 새들의 노랫 소리를 듣지 않는다. 가슴 울리는 음악에 귀를 열지 않는다. 마음의 눈과 영혼의 귀가 닫혀 깜깜하다.

이처럼 티 없이 맑은 나를 가로막는 필터를 흔히 '에고(ego)'라 한다. 숱한 생각과 감정, 논리와 이념, 도덕과 관습으로 나를 겹겹이 에워싼 마음의 장벽! 진짜 나를 옥죄고 내 행세를 하는 가짜 나, 그것이에고다. 그래서 내가 보는 것은 진짜가 아니다. 내가 보는 것은 에고의 필터를 거친 가짜다.

조슈아 벨의 바이올린 선율도 화려한 무대에서 흘러나올 때만 예술이다. 그때만 감동적이다. 설령 감동이 없어도 박수는 열심히 친다. 환호하고 앙코르를 외친다. 지휘자와 연주자는 몇 번을 들락이며 커튼콜을 유도한다. 손바닥이 아프도록 박수를 쳐도 자꾸 커튼 뒤로 숨으면 슬슬 오기가 난다. 나는 더 열광적으로 박수를 친다. 이런 오버액션들이 다 이 시대의 공연 문화다. 나는 가슴으로 음악을 듣는 대신 값비싼 공연 예술을 소비하며 교양 수준을 과시한다.

내 감성은 공연 문화라는 포장지 주위를 맴돈다. 알맹이는 뒷전이다. 그래서 거리의 진주를 알아보지 못한다. 조슈아 벨의 연주를 듣지 못한다. 스트라디바리우스의 티 없는 선율을 놓친다. 포장지에 혹하는 마음의 필터를 걷어 내야 진짜 진주를 볼 수 있다. 그것은 쉬운 일이 아니다. 내 마음은 평생 이런저런 모양과 색깔의 필터를 모으고 덧끼우는 일을 해 왔다. 나는 그것들을 잔뜩 움켜쥐고 있다. 내가 이걸 어떻게 모았는데 내려놓고, 버리고, 비운단 말인가?

이렇게 막막할 때 내 안의 생체 시계를 떠올리자. 내 안에는 분명 시계가 있다. 자연의 리듬을 따라가는 시계, 바이오리듬을 일깨우는 시계, 천연 진주와 공명하는 시계, 그 시계가 생체 시계다. 그 시계는 지금 내 안에서 잘 돌아가고 있나?

나는 나의 오감을 되살려 생체 시계를 정상 작동시켜야 한다. 생명이 넘치는 자연 속에서 있는 그대로 보고, 듣고, 냄새 맡고, 맛보고, 만지면서 오염된 오감을 씻어 내야 한다. 내 몸의 세포마다 깊숙이 파고든 문명 공해와 문화 소음의 탁한 공기를 빼내야 한다.

신의 선물인 오감이 깨어나면 생체 시계가 바로 돌아가고 육감도 예리해진다. 바이오리듬이 나를 리드하기 시작한다. 비로소 나는 눈앞의 생생한 아름다움을 본다. 내 앞의 진주를 줍는다. 아니 내가 진주가 된다. 아름다운 진주가 된다. 아름다움은 맑고 투명한 마음에만 비치니까. 맑고 투명한 마음이 바로 진주니까. 맙소사! 내가 그렇게 찾던 진주가 내 안에 있었다니! 내가 진주였다니!

서두르면 맨 뒤, 느긋하면 맨 앞

부드럽게, 편하게, 순순하게!

삶이 이렇게 풀리면 얼마나 좋을까? 강물처럼 흐르면 얼마나 좋을까? 그러려면 나부터 물처럼 부드러워져야 한다. 어떤 일이든 편하게 받아들이고, 순순하게 나아가야 한다. 막히면 기다리고, 걸리면 돌아가야 한다.

나는 그럴 수 있나? 막히면 기다리고, 걸리면 돌아갈 수 있나? 어렵다. 그러니 연습을 하자. 훈련을 하자. 다음은 나만의 훈련법. 버스나 지하철을 탈 때마다 쓰는 방법이다.

· 이번 마지막 승객이 다음번 첫 승객보다 빠르다.

· '잘못하면 마지막'인지 '잘못해도 다음번 처음보다 먼저'인지는 내가 선택한다.

삶이 물처럼 흐르지 않는 것은 내가 물처럼 흐르지 않기 때문이다.
내가 물처럼 흐르면 삶도 물처럼 흐른다.

나는 잘못하면 마지막이라고 생각한다. 그래서 버스만 보면 달려간다. 지하철만 보면 몰려간다. 재빨리 줄을 선다. 새치기를 경계한다. 주춤하면 제친다. 얼른 빈자리를 찾아 주저 없이 앉는다. 빈자리가 없으면 곧 일어날 만한 사람을 찾는다. 그 앞으로 가서 자리를 지킨다. 그리고 다시 살핀다. 더 나은 자리는 없는지, 자기 앞에 빈자리가 나는데도 방심하는 사람은 없는지 두리번거린다. 아무래도 저쪽이 더 좋은 것 같다. 그러면 그리로 옮긴다. 그런데 그쪽 사람은 꿈쩍 않고, 먼저 쪽 사람이 벌떡 일어난다. 머피의 법칙! 나는 왜 이리도 운이 없나? 어째서 나에게는 제대로 되는 일이 없나?

그러니까 나는 정류장에 들어서는 순간부터 차에 올라 자리에 앉는 순간까지 마음이 바쁘다. 쉬지 않고 머리를 굴린다. 고단하게 눈치를 살핀다. 간혹 일진이 좋다. 하지만 안 좋은 날이 훨씬 많다. 세상은 차 타는 일까지 나를 홀대한다. 내가 가는 쪽마다 다리를 걸고 막아선다. 내 삶은 툭하면 막힌다. 툭하면 걸린다.

정말 그런가? 삶은 나에게 무슨 억한 감정이 있나? 받을 빚이 있나? 그럴 리 없다. 삶을 탓하지 말라. 시비는 내가 건다. 내 마음이 건다. 잘못하면 마지막이라며 내가 건다. 지금 이 차에 같이 탄 사람들이 다들 그렇게 산다. 삶에게 시비를 걸고 삶과 다툰다. 삶에게 받을 빚이 있는 것처럼 대든다. 그래서 삶도 거칠어진다. 세상도 험해진다. 아차 하면 당한다. 호구 된다. 왕따 된다. 패자 된다.

이제 이 싸움을 피해 보자. 방법은 간단하다. '잘못하면 마지막' 대신 '잘못해도 다음번 처음보다 먼저'를 선택한다. 내가 이 정류장에서 아무리 늦어도, 이 차를 타려는 줄이 아무리 길어도, 아차해서 이 줄의 맨 끝에 서도 나는 다음 정류장에서 맨 처음 타는 사람보다 먼저다. 다음 정류장에서 최고로 빠른 사람도 나를 앞설 수 없다. 언제나 내가 먼저다. 언제나 내가 승자다.

이번 꼴등이 다음번 1등을 이긴다. 딱 한끝만 생각을 바꾸면 된다. 그러면 느긋해진다. 이번에 아무리 늦어도 다음에 아무리 서두른 사람보다 먼저니까. 그렇다고 일부러 늑장을 부릴 필요는 없다. 일부러 맨 끝에 설 이유는 없다. 그냥 흐르면 된다. 부드럽게, 편하게, 순순하게! 물처럼 흐르면 맨 처음도 없고 맨 끝도 없다. 한꺼번에 양쪽을 넘는다. 그것으로써 언제나 이긴다. 상선약수(上善若水)! 최고의 선은 물과 같다. 노자가 말씀한 대로다.

그래도 그게 잘 안 된다. 딱 한끝이 어렵다. 그러니까 차를 탈 때마다 연습한다. 버스를 보고 달려갈 때마다, 지하철 문 앞으로 몰려갈 때마다 마음을 붙잡는다.

서두르지 말라. 내가 아무리 서둘러도 앞 정류장에서 맨 끝을 한 사람을 앞설 수 없다. 나는 언제나 꼴찌 뒤다. 느긋하라. 내가 아무리 늦어도 다음 정류장에서 맨 처음인 사람보다 먼저다. 나는 언제나 1등 앞이다. 서둘러서 꼴찌 뒤가 될지, 느긋해서 1등 앞이 될지 선택은 내가 한다. 내가 고른다.

뒤의 것을 고르다 보면 알 수 있다. 삶이 물처럼 흐르지 않는 것은 내가 물처럼 흐르지 않기 때문이라는 것을. 내가 물처럼 흐르면 삶도 물처럼 흐른다는 것을. 그러니까 가혹한 운명이라는 것도 한끝 두끝 자꾸 넓혀 보면 결국 도도한 삶의 흐름 속에 있으리라.

내 마음의 강

내 마음에 한 줄기 강이 있습니다.

외로운 날

슬픈 날

괴로운 날

나는 강으로 갑니다.

가만히 눈을 감으면 떠오르는

푸른 강으로 갑니다.

　흐르는 것이 물뿐이랴

　우리가 저와 같아서

정희성 시인의 시 「저문 강에 삽을 씻고」는 이렇게 시작합니다.

누구나 마음속에 한 줄기 강이 있습니다.
모든 복잡한 것을 단순하게 만드는 강
모든 더러운 것을 깨끗하게 거르는 강
모든 분리된 것을 하나로 모으는 강
머리에서 가슴으로 흐르는 강

흐르는 것이 어디 물뿐이겠습니까?

나 또한 저와 같아서

외로운 날

슬픈 날

괴로운 날

나는 강으로 가서

흐르는 강물을 바라보며

외로움도, 슬픔도, 괴로움도 같이 흘려 보냅니다.

강은 흐르고

내 삶의 물결들은 여울집니다.

저 흘러가는 것들과 함께

나 또한 흘러 흘러 갑니다.

잔잔하게

고요하게

내 마음의 강이 깊어집니다.

누구나 마음속에 한 줄기 강이 있습니다.

머리에서 가슴으로 흐르는 강

어떤 생각이든 어떤 감정이든

하나도 가리지 않고 맑고 푸르고 아득한 바다로 이끄는 강

모든 복잡한 것을 단순하게 만드는 강

모든 더러운 것을 깨끗하게 거르는 강

모든 분리된 것을 하나로 모으는 강

그러나 나는 자꾸

내 마음에 한 자락 강이 있다는 것을 잊습니다.

마음에 담긴 것은 무엇이든

그 강에 속 시원히 흘려 보낼 수 있다는 것을 잊습니다.

그 대신 나는

온갖 잡다한 것을 마음에 가둡니다.

쉼 없는 생각에 매달려 여기저기 담을 쌓습니다.

끝없는 욕심에 사로잡혀 이곳저곳 둑을 세웁니다.

나는 흐르지 못합니다.

막히고 고입니다.

내 마음 곳곳에 널린 물웅덩이는 매일매일 탁하게 썩어 갑니다.

이러다가 나는

내 마음의 강으로 가는 길을 까맣게 잊고

내 마음에 강이 있다는 것을 까무룩 까먹고

어느 것 하나 강물에 흘리지 않아

다 말라빠진 강바닥만 두고 있을지 모르겠습니다.

그때는 내 삶도

어느 진흙탕에 처박혀 곰팡내를 내거나

메마른 황무지에 덕지덕지 달라붙어 있겠지요.

눈을 감으면 떠오르는 내 마음의 강

그 강이 잘 흘러야겠습니다.

그 강 따라 잘 흘러야겠습니다.

깊게

푸르게

물에 담은 불과 마음에 담은 불

자나 깨나 불조심하듯 항상 조심해야 할 불이 두 가지 더 있다.

첫째, 술. 술은 불이다. 물에 담은 불이다. 비 오는 날, 추운 날, 울적한 날 더 생각나는 불이다. 나는 술로 피를 달군다. 스트레스를 태워 버린다. 시름을 날려 버린다. 하지만 불이 불을 부르듯 술은 술을 부른다. 잘못 휘말리면 걷잡을 수 없다. 모든 게 불 속에 잠긴다. 어제의 근심과 내일의 불안만 타는 게 아니다. 지금 이 순간도 타 버리고, 나도 타 버린다. 술이 나를 삼킨다.

음주 측정을 해 보면 소주 한 잔의 불을 완전히 끄는 데 평균 한 시간이 걸린다고 한다. 소주 한 병의 화력이면 일곱 시간을 취해 있는 셈이다. 더구나 술은 청정 연료가 아니다. 화려한 불꽃이 기울면 연기가 독해진다. 그 연기에 찌들어 골치 아프다. 스트레스 다시 쌓인다.

잔불 정리도 쉽지 않다. 토하고, 해장하고, 사우나 가고, 그것도 안 되면 몸져눕는다. 몸에는 서늘한 재만 남는다.

누군가 한 시인에게 물었다.

"술을 드시나요?"

시인은 답한다.

"술을 왜 마십니까? 안 마셔도 알코올이 펑펑 나오는데."

나도 그랬으면 좋겠다. 중요한 것은 각성이다. 우리는 삶에 각성이 필요하다. 술도 몇 잔까지는 각성제 역할을 한다. 기분이 반짝 살아난다. 그러나 그것은 화학적 각성일 뿐이다. 그것은 비겁하다. 술에 기대는 것이다. 술에 자신을 던지고, 술에 빠지는 것이다. 그것은 불장난이다.

둘째, 화. 화는 마음에 담은 불이다. 그것도 아주 격렬한 불이다. 화를 내면 상대방이 화에 데인다. 상대도 질세라 내 화를 돋운다. 우리는 모두 쓰라린 상처를 입는다. 그렇다고 화를 참으면 내 속이 탄다. 화병 난다. 그러니 어쩌란 말이냐? 화를 낼 수도 없고, 참을 수도 없으니. 화는 무조건 참아도 안 되고, 무턱대고 터트려도 안 된다. 화가 나면 그 화를 잘 다스려야 한다.

내가 화를 다스릴 때 쓰는 방법은 이렇다. 화가 치밀어 오르면 일단 잠깐 참는다. 큰 숨을 몇 번 쉰다. 그러면 다급한 불길이 지나간다. 그다음에는 화를 불러일으킨 상황을 살핀다. 그 상황이 어째서 내 안에서 분노의 감정을 일으키는지 따져 본다. 화와 상황을 분리시켜 '분노의 회로'를 끊으려 노력한다.

당신이 내 자존심을 건드려 화가 난다면 그 자존심이란 무엇인가? 화를 내서 나와 당신에게 상처를 줄 만큼 대단한 것인가? 그것은 시기하고 질투하는 '작은 나'의 것이 아닌가?

당신이 내 이익을 침해해 화가 난다면 그 이익이란 무엇인가? 화를 내서 나와 당신에게 상처를 줄 만큼 큰 것인가?

당신이 내 원칙이나 기대, 기준을 훼손해 화가 난다면 그 원칙이나 기대, 기준이란 무엇인가? 화를 내서 나와 당신에게 상처를 줄 만큼 중요한 것인가?

이쯤 생각하면 대개 화와 상황은 분리되고 불길이 잡힌다. 그렇지 않으면 마음의 불을 계속 부추기는 또 다른 연료가 있는 것이다. 나는 화를 낸 상황이 내 과거의 어떤 상처를 건드리지 않았나 되짚어 본다. 기억 건너편의 잠재의식 속으로 잦아든 상처가 은밀하게 성을 내고 있는 것은 아닌지 돌아본다. 그 단서가 잡히면 마지막 남은 화도 결국 나의 문제다. 화와 상황은 분리된다. 나에게는 내 화를 달래고 내 상처를 보듬는 일만 남는다.

틱낫한 스님이 가르치는 화 다스리는 법도 이와 비슷하다. 스님은 "화는 아파서 보채는 그대의 아기와 같다"고 한다. 그러니 "화가 나면 얼른 알아차리고 상냥하게 보살펴 주라"고 한다. 스님의 책 『화』와 『그대 안의 호랑이를 길들여라』에서 요점을 뽑아 보자.

· 화가 나면 억누르지 말고 감싸 안아라. 즉각 자기 자신에게 돌아가 마음을 챙겨라. 마음챙김(mindfulness)의 에너지를 불러일으켜 화를 보듬고 그 본질을 알아차려라.

· 화가 난다고 홧김에 무슨 말을 하거나 무슨 짓을 하지 말라. 이때 하는 말이나 행동은 그 무엇이 되었든 인간관계에 더 많은 해를 야기할 것이다. 그대의 집에 불이 났다면 가장 시급히 해야 할 일은 집으로 돌아가서 불을 끄는 것이지 방화범으로 여겨지는 자를 쫓아가는 것이 아니다.

· 소중한 사람에게 화가 나 있을 때는 화가 나지 않은 척하지 마라. 괴롭지 않은 척하지 마라. 참된 사랑에는 자존심이 없다. 내가 화가 나 있고 괴롭다는 사실을 털어놓아라. 단, 차분하고도 사랑이 깃든 말투로 하라.

· 사랑하는 사람이 화를 내면 듣기만 하라. 시비, 비판, 분석하지 말라. 자신으로 돌아와 이해와 연민을 빛을 찾아라. 연민의 마음 이외에 화를 치유할 수 있는 것은 없다. 연민은 이해에서 피어난 아름다운 꽃이다. 분노는 불이고, 연민은 물방울이다.

· 누군가에게 화가 나면 전념하는 자세로 호흡하는 수행을 하라. 그 상황을 깊숙이 들여다보면 자신과 상대방이 겪고 있는 고통의 본질을 간파할 수 있기에 화로부터 자유로워질 것이다. 우리가 인생이 덧없다는 사실을 정말로 이해하고 염두에 둔다면, 남을 지금 당장 행복하게 해 줄 수 있는 모든 일을 하게 될 것이다.

나에게 화는 다스리기 어려운 불이다. 힘겹고 까다로운 불이다. 술보다 훨씬 무서운 불이다. 그래서 부처님도 세 가지 독(3毒: 貪·嗔·痴) 중으로 하나로 화(嗔)를 꼽으셨나 보다. 그러니 이쯤에서 또 한 분의 스승을 모셔 보자. 호주 출신의 명상가인 레너드 제이콥슨이 가르치는 '화 바로 알기'다. 그는 "화는 내 안에서 올라오는 내 것이니 전적으로 내가 책임져야 한다"고 한다. "엉뚱하게 남에게 책임을 떠넘기지 말라"고 한다. 그의 책 『지금 이 순간』과 『마음은 도둑이다』에서 요점을 뽑아 보자.

· 화는 당신 안에서 올라오고 있으며 당신만의 것이다. 화는 당신의 과거에서 오고 있다. 화는 당신의 어린 시절에서 오고 있다. 화는 당신이 원하는 것을 가질 수 없다는, 또는 원치 않는 것을 받아들여야 한다는 믿음의 표시이며 당신은 그 때문에 화가 난다.

· 화가 나면 그 화에 책임을 져라. 당신의 화에 대해 누구에게도 비난하지 말라. 당신이 화를 내면 그것은 자기에 대한 책임을 다른 사람에게 떠넘기고 있다는 표시다. 당신을 책임져야 할 사람은 오로지 당신뿐이다.

· 화를 표현하라. 표현되지 않은 화는 폭력으로 이어진다. 화를 인정하라. 화를 즐겨라. 그러나 책임 있는 방식으로 그렇게 하라. 필요하면 소리를 지르고, 베개를 두들겨 패도 좋다. 감정들은 당신의 내면에서 올라오고 있다. 분노와 화를 표현하는 것은 당신과 신 사이의

일이며 다른 누구와도 아니다.

다른 감정이 그렇듯 화도 왔다가 간다. 일시적이다. 뇌 과학자들의 연구에 따르면 특정한 감정 프로그램이 활성화됐다가 완전히 멈추는 데 90초 정도 걸린다고 한다. 예컨대 어떤 계기로 분노라는 감정이 일어나면 뇌에서 분비한 아드레날린이 몸에 차올라 열받게 된다. 아드레날린은 몸속의 산소를 잡아먹는다고 해서 '악마의 호르몬'이라고 불린다.

그런데 90초가 지나면 분노를 구성하는 아드레날린 성분이 혈류에서 완전히 빠져나가고 우리의 자동 반응도 끝난다. 바로 이 90초가 지났는데도 여전히 화가 나 있다면 그것은 분노의 회로가 계속 돌도록 의식적으로 선택했기 때문이다. 화를 스쳐 가는 생리현상으로 끝낼지 아닐지는 결국 자기가 고르기 나름인 셈이다.

틱낫한 스님은 이를 더욱 쉽게 말한다. "감정은 피자에 뿌려진 한 부분의 치즈와 같다. 당신은 치즈 가루를 쉽게 털어 낼 수 있다. 당신은 감정 이상의 존재다." 감정을 털어 내는 방법도 스님의 것은 어렵지 않다. 바라보고, 보듬어 안고, 깊이 호흡하라!

오쇼 라즈니쉬도 똑같이 훈수한다. 그는 화를 내기 바로 직전에 의식적으로 다섯 번 숨을 들이쉬고 내쉬라고 당부한다. 그것이 당신의 몸과 마음을 깨어 있게 하고, 깨어 있음과 화는 함께 있을 수 없을 것이라고 가르친다. 단, 다섯 번의 심호흡은 완전히 몸에 배어야 한다.

그 정도로 수행해야 한다. 오쇼는 그렇게만 하면 그다음부터는 더 이상 화를 낼 수 없을 것이라고 자신한다.

화가 다가올 때, 그것을 연기하고 다섯 번의 심호흡을 하면 당신은 화를 낼 수 없을 것이다. 이것은 하나의 수행이 될 것이다. 화가 다가올 때마다 먼저 숨을 다섯 번 들이쉬고 내쉬라. 그다음엔 하고 싶은 대로 하라. 계속해서 그렇게 하라. 그것은 하나의 습관이 된다. 생각할 필요조차 없다. 화가 들어오는 순간, 즉시 당신의 메커니즘은 깊고 빠르게 숨쉬기 시작한다. 몇 년 안에 화를 내는 것이 완전히 불가능해질 것이다. 당신을 화를 낼 수 없을 것이다. *

그러니까 화를 다스리는 방법은 크게 두 단계다. 첫 번째는 생리적인 화. 이것은 무조건 90초만 참으면 된다. 아니 무조건 90초를 참아야 한다. 두 번째는 90초 이후에 자기가 선택하는 화. 이것은 선택한 화를 털어 버리면 된다. 그러기 위해 화와 상황을 분리하든, 베개를 두들겨 패든, 심호흡을 하든, 걷기 명상을 하든 구체적인 실행 방법은 각자 궁리해 보자.

몸의 변증법

자유와 구도의 춤꾼 홍신자, 맨몸으로 영혼을 만나는 여자. 그녀가 2014년에 춤 인생 40년을 기념하는 공연을 가졌다. 그때가 일흔셋인데 춤을 춘 지 40년 됐다면 그녀는 서른셋에 춤을 시작한 셈이다. 그러니까 그녀는 10대와 20대의 꽃 같은 나이를 건너뛰고 무용계의 말년인 30대에 춤을 시작했다. 그만큼 그녀의 삶은 파란만장하다.

그녀가 춤에서 운명의 길을 발견한 때는 스물일곱이다. 늦어도 많이 늦었다. 그녀는 그 나이에 미국에서 현대무용을 배우기 시작해서 서른셋에 데뷔하고 성공한다. 그 무모함과 집요함이 놀랍다. 덕분에 그녀는 자신의 가장 강력한 재능이 '몸'에 있다는 걸 깨닫는다.

하지만 그녀는 갑자기 춤을 멈춘다. 무언가 부족하다, 어딘가 허전하다! 몸을 통해 춤을 만나고 춤을 통해 영혼을 만나지만 내 영혼이 허기와 갈증을 호소한다. 그녀는 서른일곱에 인도로 건너간다. 춤과 성공을 버리고 영혼을 갈구한다. 그녀가 인도에서 만난 스승은 오쇼 라즈니쉬다. 그녀는 오쇼의 첫 한국인 제자가 된다. 그때가 1977년이다. 당시 오쇼는 세계적인 선풍을 일으키는 구루였다. 그를 따르는 산야신(제자)들이 구름처럼 몰렸고, 그에 못지않게 그를 지탄하는 목소리도 비등했다.

오쇼는 조용한 스승이 아니었다. 그는 가는 곳마다 파문을 일으켰다. 그것은 오쇼가 의도한 것일 수 있다. 그는 질긴 타성에 사로잡혀 무지의 단꿈을 꾸는 영혼들을 깨우기 위해 매우 공격적인 언행을 즐겼다. 그러다 결국 미국에서 추방되고 국제적인 기피 인물이 되어 유랑하다가 인도 푸나에 정착한다. 이후 그의 죽음과 관련해서는 미국이 그에게 독극물을 중독시켰다는 '음모설'까지 나왔다.

그러니 그녀가 오쇼의 제자가 된 것도 당시로서는 화제였다. 그녀는 오쇼에 푹 빠진다. 나 역시 오쇼를 흠모하니 그녀와 나는 같은 스승을 둔 도반이다. 그러나 스타일은 정반대다. 그녀는 한번에 모든 걸 걸고 전력 질주한다. 춤을 배울 때는 춤이 전부다. 오쇼에 헌신하고 깨달음을 구할 때는 오쇼가 전부다. 그녀는 나처럼 미지근하지 않다. 나처럼 재지 않는다.

그녀는 오쇼에게 흠뻑 젖었다가 그를 떠난다. 이어 두 번째 스승 니사가다타 마하라지를 만난다. 6개월 동안 매일 아침 그를 찾아가 맹렬히 묻고 답을 청한다. 오쇼가 남성형이라면 마하라지는 여성형이다. 뭄바이 사창가 중심부의 한 다락방에 사는 그는 고요하고 평화롭다. 그가 어느 날 홍신자에게 말한다. "너는 다 배웠으니 세상으로 돌아가라!" 말하자면 '하산령'이다.

너는 이제 떠나기 바란다. 거리의 춤추는 거지가 되든, 이름 없는 동네의 아낙이 되든, 무엇을 택해도 좋다. 너는 이미 삶은 환영일 뿐이라는 진리를 보았기 때문이다. 가라. 가서, 갠지스 강가에 앉아 죽음을 기다리든, 도시의 인기 높은 광대가 되든, 결국은 별 차이가 없을 것이다. 다만 네가 원하는 바를 따라 가라. 아무 두려움을 가질 것 없다. *

그녀는 서른아홉에 미국으로 돌아온다. 다시 춤을 추고 싶지만 이번엔 몸이 말을 듣지 않는다. 인도로 갈 때는 영혼이 아프더니 돌아와서는 몸이 아프다. 인도에서 3년 동안 영적인 추구에 매달리는 동안 몸을 너무 홀대한 탓이다. 춤이든, 구도든 어느 한쪽으로 완전히 쏠리는 것은 어쩔 수 없는 그녀의 천성이다.

그녀는 몸이 지르는 비명 소리를 듣고서야 자신의 몸을 바라본다. 그리고 깊이 반성한다. 영적인 욕심에 사로잡혀 몸을 뒷전으로 물린 채 혹사한 것을 뉘우친다. 그녀는 자신의 몸을 끌어안고 달랜다. 몸의 이야기를 듣고 몸과 화해한다. 스스로 몸의 치유사가 되어 몸과 만나고 다시 춤을 춘다.

이후에도 그녀의 삶은 변화무쌍하다. 마흔한 살에 열두 살 아래의 젊은 미술가와 결혼하고 딸을 낳는다. 가족과 떨어져 하와이 깊은 정글에 홀로 들어가 명상 생활을 한다. 국내로 들어와 안성에 자리 잡는다. '웃는돌' 명상 센터와 무용단을 만들어 활동한다. 일흔에 한국학과 동양화를 하는 한 살 아래 독일인 교수와 재혼한다.

이 드라마틱한 삶을 관통하는 코드는 무엇일까? 그것은 바로 '몸의 변증법'이다. 정(正), 몸을 통해 춤을 만난다. 반(反), 몸과 춤을 버리고 영혼을 만난다. 합(合), 영혼을 통해 몸과 춤을 만난다.

그녀는 몸과 만나고, 몸을 떠나고, 다시 몸과 만난다. 처음의 몸과 세 번째 몸은 다르다. 앞의 몸은 영혼을 모르는 '무지의 몸'이고 뒤의 몸은 영혼과 하나 된 '무아의 몸'이다. 이때는 춤을 추는 순간, 춤추는 자가 사라진다. 그것은 그냥 춤이다. 몸과 영혼이 하나 된 춤이다. 그녀는 평생 이 같은 '몸의 변증법'을 통해 황홀한 '무아의 춤'에 다가선다.

몸을 통해 영혼과 하나 되는 길이 있다. 그 길은 기도나 명상보다 다가서기 쉽다. 내가 생생하게 느끼고 체험하는 몸에서 시작하기 때문이다. 그녀는 말한다.

영혼의 '증거'를 바란다면 자신의 몸을 잘 살펴보기 바란다. 불룩한 배와 언제나 화가 난 듯한 표정, 불면증과 비만과 알코올 중독, 이 모든 것이 바로 영혼으로 가는 길에 문제가 생겼다는 신호다. 눈에 보이고 만질 수 있는 물질만의 육체가 아닌 영혼을 만날 수 있는 통

나는 내 몸을 아끼고 돌보며 내 몸의 신호를 올바로 수신하고 있는가?
나는 내 몸의 이야기를 들으며 내 몸에 깃든 영혼을 느끼고 있는가?

로로서의 몸을 소중하게 다루자. 몸의 소리에 귀 기울이자. 몸은 영혼이 어떤 결핍을 가지고 있는지를 알려 줄 것이다. 언제 다가왔는지 모를 아주 작은 소리로 말이다.[*]

그녀는 각별히 몸을 아낀다. "몸과 즐겁게 놀면서 영혼에 이르는 길이 자신의 마지막 숙제"라고 한다. "몸의 재촉으로 참삶으로의 길이 열릴 수 있다"고 한다. 그녀의 깨달음처럼 몸은 영혼을 만나는 통로다. 몸을 아끼고 돌보는 것, 몸과 사귀며 영혼을 만나는 것, 몸과 영혼이 하나 되어 '텅 빈 충만'에 이르는 것은 홍신자만의 숙제가 아니다. 그것은 나의 숙제이고 당신의 숙제다.

영혼의 증거를 바라는가? 그렇다면 내 몸을 보자. 내 눈과 내 피부와 내 표정을 보자. 내 위와 내 간과 내 장을 보자. 내 머리와 내 허리와 내 다리를 보자. 그것들은 지금 나에게 어떤 신호를 보내고 있는가? 나는 내 몸을 아끼고 돌보며 내 몸의 신호를 올바로 수신하고 있는가? 나는 내 몸의 이야기를 들으며 내 몸에 깃든 영혼을 느끼고 있는가?

밤이 두려운 그대에게

주변에 잠 못 드는 분이 많다. 나도 그런 편이다. 오래 깊이 자지 못한다. 잠의 양이 부족하고 질도 좋지 않다. 그래서 '숙면 클럽'이란 것을 만들어 볼까 한다. 잘 자기 위한 동아리! 그렇다면 '자자 클럽'이라고 할까. 창립 회원은 아마 아줌마 몇 분이 되실 것이다. 그래도 오해는 마시길. 각자 잘 자기 위한 것이니까.

하긴 요즘같이 정신 사납고 스트레스 많은 세상에 잘 자는 사람이 오히려 대단하다. 누우면 바로 코 고는 사람, 언제 어디서나 앉으나 서나 잘 자는 사람, 해가 중천에 뜰 때까지 늘어지게 자는 사람, 나는 이런 분 보면 존경스럽다. 네댓 시간만 자도 쌩쌩한 분보다 더 존경스럽다.

어떻게 하면 잘 잘 수 있을까? 나름대로 고민과 궁리를 해 왔고,

잠 못 이뤄 뒤척이는 밤, 가만히 앉아 나를 되돌아보자.
내 삶은 어디서 균형을 잃고 분열돼 비몽사몽 꿈길을 헤매고 있는가?

곧 '자자 클럽'의 회장도 될 것이니까 '숙면 프로그램'을 만들어 봐야겠다.

우선 상태 점검! 잠 못 들어 밤이 무서운가? 뜬눈으로 밤을 지새는 가? 몸은 처지고 눈꺼풀은 내려앉는데 도무지 잘 수가 없는가? 그렇다면 불면증이다. 이것보다 약하지만 다음과 같은 경우도 불면증이라 한다.

1. 쉽게 잠을 이루지 못해 자는 데 30분 이상 걸린다.

2. 하룻밤에 자다 깨다 하는 일이 다섯 번 이상이다.

3. 이른 새벽에 잠에서 깨어 다시 잠을 이루지 못하는 것이 일주일에 2~3회 이상이다.

4. 깊은 수면에 이르지 못해 자도 잔 것 같지 않다.

여기서 나는 네 번째(숙면 장애)에 해당한다. 첫 번째(입면 장애)도 그런 편이다. 돌이켜 보면 어려서부터 잘 자지 못했다. 어려서 낮잠을 자면 어머니가 긴장한다. 그건 십중팔구 아파서 눕는 것이니까. 밤에도 잠과 숨바꼭질했다. 어머니는 얼른 자라 하고, 나는 이리 빼고 저리 빼고, 이불 속에서 꼬물거리고……. 젊어서는 진짜 잠이 안 와서 고생했다. 한때는 '멜라토닌'이란 시차 적응제를 복용하곤 했는데 별로 효과가 없었다. 부엉이처럼 밤에 꾸물대고 낮에는 비실거렸다. 나이가 좀 들어서는 잠이 짧고 얕아서 고민이다. 꿈자리도 뒤숭숭하다. 항상 무언가에 쫓겨 조마조마하다. 이젠 그만 쫓기고 내가 쫓아다녔으면 좋겠다.

이 세 가지는 원인이 조금씩 다르다. 어려서는 넘치는 에너지를 다 쓰지 않고 자려니까 잠이 오지 않았던 것 같다. 젊어서는 왕성한 욕심에 머리 복잡하고 마음 분주해서 그랬을 것이다. 지금은 예민한 체질과 성격이 더 문제인 것 같다. 그러니까 몸을 덜 써서, 머리와 마음을 너무 써서, 체질적으로 예민해서다. 다른 분도 아마 비슷할 것이다. 이 세 가지가 다양한 조합으로 섞여 있을 것이다. 그러니 숙면 처방도 세 가지다. 첫째, 몸을 더 쓴다. 둘째, 머리와 마음을 덜 쓴다. 셋째, 체질을 다스린다.

이제 몸부터 시작해 보자. 몸이 마음보다 쉬우니까 출발도 몸부터다. 몸이 바뀌면 마음이 바뀌고, 마음이 바뀌면 체질도 다스릴 수 있을 것이다. 몸을 열심히 움직인다. 몸을 쓸수록 잠이 다가온다. 나는 몸으로 잠을 부른다. 고단해서 졸릴 때까지 부른다. I am calling you! 하루 1만 보를 걸어도 좋고, 한 시간을 달려도 좋다. 자전거, 수영, 배드민턴, 등산, 산책, 헬스, 요가, 에어로빅, 댄스, 탁구, 검도……. 어떤 것이든 하루 운동량을 정하고 그 이상을 한다. 반드시 일주일에 3일 이상 지키고, 그다음에는 4일 이상, 그다음에는 5일 이상 지킨다. 그래야 습관이 밴다. 4일 이상 지킬 정도가 되면 자동으로 굴러갈 것이다. 운동 안 하고 못 배길 것이다.

잠자리에서도 몸을 풀어 보자. 잠을 부르는 이완 운동을 해 보자.

I am calling you! 하루 종일 힘쓰느라 힘 뺄 여유가 없었을 것이다. 요즘에는 운동도 일처럼 한다. 최대한 빨리, 많이, 세게! 잠자리에서는

그러지 말고 쉬엄쉬엄 몸을 푼다. 잠자리에서 운동 세게 하면 잠이 놀라 달아난다.

몸을 푸는 요령은 '마음대로 편한 대로'다. 잠자리에서도 어려우면 절대 안 되니까. 눈을 감고 어디가 가장 쑤시는지, 갑갑한지, 뭉쳐 있는지 살펴본다. 검색 결과가 나왔으면 순서대로 쑤시고, 갑갑하고, 뭉쳐 있는 곳을 푼다. 풀어서 통하게 한다.

허리가 아프면 허리를 푼다. 허리를 앞으로 굽혔다 폈다, 옆으로 기울였다 바로 했다, 크게 돌리고 작게 돌리고, 굽히고 버티고 펴고 버티고, 손으로 두드리고 주무르고……. 허리가 시원해질 때까지 허리에 정성을 다한다. 사랑을 보낸다. 그다음 어깨라면 어깨도 그렇게 한다. 어깨를 크게 돌리고 작게 돌리고, 앞으로 돌리고 뒤로 돌리고 엇갈려 돌리고, 위로 올렸다 아래로 내렸다, 두드리고 주무르고……. 기분 좋을 때까지 한다. 그다음은 목? 그것도 마음대로 편한 대로다. 아주 편하게, 아주 느슨하게, 아주 부드럽게. 뼈 없는 동물처럼 흐느적거리다 스르륵 잠자리에 퍼질 것처럼.

둘째, 마음 다스리기. 잠과 다투지 않는다. 다투면 잠이 더 멀리 달아난다. 잠이 오지 않으면 자지 않는다. 억지로 자려고 애쓰지 않는다. 자야 한다는 강박증에 빠지지 않는다. 안 자고 만다. 그 대신 쉰다. 깨어 있는 상태에서 최대한 몸과 마음의 기능을 쉬게 한다.

잠이 들면 의식이 꺼지고 무의식이 켜진다. 밝은 의식의 세상에서 어두운 무의식의 세상으로 들어간다. 뇌파도 고주파(알파α파와 베타

내 몸은 소중하다. 그러나 몸 안에 깃든 나는 더 소중하다.
내 몸은 늙는다. 그러나 몸 안에 깃든 나는 늙지 않는다.
내 몸은 무너진다. 그러나 몸 안에 깃든 나는 무너지지 않는다.

β파)에서 저주파(세타θ파와 델타δ파)로 내려간다. 그 과정을 보통 4단계로 나눈다.

제1단계 아주 얕은 잠. 이제 잠이 막 시작된 입면기다. 의식의 빛이 가물가물 남아 비몽사몽이다. 제2단계 얕은 잠. 이제 잠이 들었다고 할 수 있다. 의식의 불은 꺼졌다. 하지만 아직 무의식에 이르지 않았다. 제3단계 깊은 잠. 이제 무의식의 초입이다. 제4단계 아주 깊은 잠. 진짜 깜깜한 무의식의 세계다. 고요하고 평화롭다. 업어 가도 모른다.

잠은 제4단계에서 완성된다. 그런데 하나 더 이상한 잠이 끼어든다. 이른바 렘수면이다. 렘(REM: Rapid Eye Movement)이란 눈동자가 빠르게 움직인다고 해서 붙인 말이다. 분명 자고 있는데 깨어 있는 사람처럼 눈동자가 이리저리 움직인다. 뇌파도 이상하다. 갑자기 깨어 있는 상태에서 나오는 고주파(α파와 β파)가 섞여 나온다. 꿈을 꾸고 있는 것이다. 눈은 꿈속의 영상을 좇고 있다. 나는 무의식의 세상에서 다시 깨어난다.

이렇게 잠도 여러 가지다. 한 가지 잠에 집착할 필요가 없다. 깊은 잠이 어려우면 얕은 잠을 즐겨라. 반수면이든 가수면이든 상관없다. 한 시간 정도 음악을 틀어 놓고 그냥 누워 있는다. 그냥 누워 있는 그 자체를 즐긴다. 경험적으로 이건 효과가 아주 좋다.

사람들이 그냥 누워 있는 것을 어려워한다. 그러나 눕는 것은 쉽다. 누워서 그냥 있는 것은 더 쉽다. 그러니 쉽게 하자. 한 시간 동안 아무 생각 없이 뒹군다. 자려고 애쓰지 않고 그냥 뒹군다. 그냥 편히 누워 있는다.

이것은 제1단계 잠과 비슷하다. 굳이 자려고 하지 않는 점만 다르다.

눕기가 싫으면 앉아서 명상을 한다. 명상은 '깨어 있는 잠'이다. 깊은 명상은 제4단계 잠과 비슷하다. 고요하고 평화롭다. 완전히 깨어 의식의 빛이 가득하다는 점만 다르다. 가만히 앉아서 아무것도 하지 않는 것이 명상의 기초다. 그래야 생각이 가라앉고 마음이 차분해진다.

셋째, 체질 다스리기. 예민한 사람에게 불면증이 많다. 그렇다고 예민한 게 나쁜 것은 아니다. 예민할수록 오감이 살고 육감이 깨어난다. 모든 건 양면적이다. 예민한 사람은 머리에서 에너지를 많이 쓴다. 당연히 피가 뇌로 쏠린다. 숨은 코와 가슴 사이를 얕게 오간다. 맥박은 빠르고 긴장돼 있다. 이럴수록 머리로 몰리는 뜨거운 기운을 다스려야 한다. 뇌에 집중된 들뜬 에너지를 아래로 내려야 한다.

코에서부터 아랫배까지 수직으로 깊게 호흡한다. 숨을 아랫배까지 깊숙이 내린다. 숨을 내려 배를 따뜻하게 한다. 천천히 걸으면서 머리를 식힌다. 머리의 피가 가슴과 아랫배를 지나 발끝까지 내려가도록 한다. 발바닥과 발가락이 따뜻해지도록 한다.

체질과 상관없이 요즘 사람들은 대부분 뇌가 과열돼 있다. 머리를 너무 많이 쓴다. 잡다한 생각과 걱정거리로 머리가 뒤죽박죽이다. 머리가 쉬지 않고 돌아 밤이 돼도 좀처럼 멈추지 않는다. 그렇다면 머리부터 식혀라. 깊게 호흡하고 천천히 걸어라.

불면증은 총체적인 증상이다. 몸과 마음과 체질의 균형이 깨진 결과다. 삶과 잠이 만나지 못한 채 분열된 상태다. 그래서 자지도 못하고 깨지도 못한다. 잠든 고양이나 사자를 보라. 얼마나 무심한가. 얼마나 완전한가. 이들에게 분열은 없다. 완전하게 깨어 있는 사람은 완전하게 잔다. 잘 살면 잘 잔다. 나는 어떤가? 잠 못 이뤄 뒤척이는 밤, 가만히 앉아 나를 되돌아보자. 내 삶은 어디서 균형을 잃고 분열돼 비몽사몽 꿈길을 헤매고 있는가?

나는 몸보다 크다

不取外相　自心返照
불취외상　자심반조

이런 뜻이다. '겉모습을 취하지 말고 제 마음을 들여다보라.'

8만 1258장의 나무 판에 8만 4000여 개의 법문을 새겨 담았다는 해인사 「팔만대장경」. 그 많은 부처님의 말씀을 한마디로 압축하면? 바로 '불취외상 자심반조' 여덟 자라 한다. 그러니 이 말이 얼마나 심오한가. 알짜 중의 알짜인가. '겉모습에 홀리지 말고 제 마음을 들여다보라.' '얼굴 말고 마음을 보라.' 하지만 심각하지는 말자. 가볍게 유행가 버전으로 가자. '얼굴만 예쁘다고 여자냐? 마음이 고와야 여자지!'

나도 말은 그렇게 하는데 사실은 얼굴이 예뻐야 한다. 겉모습이 멋 있어야 한다. 그렇게 당신의 겉모습을 따지는 만큼 내 겉모습에 매달 린다. 내 겉모습을 훑어보는 당신의 시선을 의식한다. 내 겉모습을 내 가 어떻게 보느냐보다 당신이 어떻게 보느냐에 신경을 쓴다. 이런 행 태에 깔려 있는 뿌리 깊은 욕망, 누가 뭐래도 당신보다는 잘나야겠다 는 원초적 욕심을 어찌하리.

나에게는 매끈한 눈매가 중요하다. 오똑한 코가 중요하다. 가지런 한 이가 중요하다. 갸름한 턱이 중요하다. S라인이 중요하다. V라인 이 중요하다. 식스팩이 중요하다. 긴 다리가 중요하다. 실키한 머리카 락이 중요하다. 새하얀 피부가 중요하다.

그뿐인가? 간판이 중요하다. 스펙이 중요하다. 폼 나는 직업이 중 요하다. 높은 자리가 중요하다. 비싼 차가 중요하다. 명품 핸드백이 중요하다. 세련된 옷차림이 중요하다. 럭셔리한 아파트가 중요하다. 성대한 결혼식이 중요하다. 왁자한 장례식이 중요하다.

이런 껍데기에 사로잡히는 마음을 넘는 것이 내 삶에서 가장 어려 운 숙제다. 더구나 요즘 세상은 얼마나 기막힌가. 다들 껍데기를 뜯어 고치려고 안달이다. 너도 나도 얼굴에 칼을 댄다. 얼굴 예쁘게 해 주 는 곳이 병원인가? 그곳은 공장이다. 비슷비슷한 얼굴을 찍어 내는 공장이다. 성형 공장에서 칼질하는 사람이 의사인가? 그는 기술자다. 그는 치료를 하지 않는다. 그는 마음의 병을 부추겨 돈을 번다. 그는 삿된 장사꾼이다.

내 몸 안에 내 영혼이 깃들어 있으니 몸은 중요하다. 몸을 사랑해야 한다. 아껴야 한다. 그러나 얼굴에 칼을 대는 것은 몸을 사랑해서가 아니다. 지독한 다이어트를 하는 것은 몸을 아껴서가 아니다. 그저 껍데기의 포로가 됐을 뿐이다. 내 거죽이 당신 거죽보다 나아야겠다, 내 거죽으로 당신의 눈길을 사로잡아야겠다는 저질 욕망에 사로잡혔을 뿐이다. 나의 의식은 껍데기에 착 달라붙어 있다. 그래서 껍데기만 가지고 난리 친다. 속이야 어떻든 무슨 상관인가? 그곳은 깜깜하다. 의식이 빛이 꺼져 있다.

왕년의 스타, 영화배우 신성일 씨가 책을 썼다. 제목이 그럴듯하다. 『청춘은 맨발이다』. 그래! 청춘은 맨발처럼 싱싱하지. 꾸밈없이 팔팔하지. 그는 잘생겼다. 나이 들어도 멋있다. 카리스마가 있다. 책방에서 그의 책을 훑어본다. 엿보는 재미가 있다. 세파를 헤쳐 나가는 야심과 뚝심이 있다. 시시콜콜한 연애사를 후련하게 풀어 놓는 솔직함이 있다. 하지만 어딘가 거북하다. 어디선가 빗나갔다.

그는 멋진 몸을 갖고 태어난 행운의 사나이다. 그 몸으로 넘치는 사랑을 받고 성공했다. 그는 자신에게 많은 것을 이뤄준 몸을 사랑한다. 각별히 몸을 아끼고 돌본다. 그러나 거기까지다. 그는 몸에 머물렀다. 더 깊은 내면의 향기가 나지 않는다. 그는 한물간 맨발의 청춘이다.

몸에서 시작하라. 몸을 즐겨라. 그러나 몸에 매달리지 마라. 몸에 머물지 마라. 거기서 더 나아가라. 나는 몸보다 크다. 몸보다 깊다. 몸보다 깊은 마음으로 가서 나를 만나라. 마음보다 깊은 가슴으로 가서 영혼을 만나라. 이른바 '요가의 길'이다. '요가'란 말 자체가 '합일'이란 뜻이다. 몸과 나와 영혼의 합일, 그것이 요가다.

내 몸은 소중하다. 그러나 몸 안에 깃든 나는 더 소중하다. 내 몸은 늙는다. 그러나 몸 안에 깃든 나는 늙지 않는다. 내 몸은 무너진다. 그러나 몸 안에 깃든 나는 무너지지 않는다. 내 몸 만큼 내 몸 안에 깃든 나를 사랑해야겠다. 늙지 않고 무너지지 않는 나, 아름답고 향기로운 나를 만나야겠다.

이 글은 문자로 시작했으니 문자로 끝내자.

不取外相 自心返照(불취외상 자심반조). 겉모습을 취하지 말고 제 마음을 들여다보라.

아참! 쉽게 가자. 운동권 버전으로 "껍데기는 가라." 유행가 버전으로 "얼굴만 예쁘다고 여자냐? 마음이 고와야 여자지!"

어떤 버전을 고르든 문자만 취하고 자신을 되돌아보지 않으면 당신은 여전히 껍데기에 사로잡힌 것이다. 껍데기가 더 중요한 것이다. 팔만대장경을 다 외운다 한들 다음의 여덟 자를 깨치지 못하면 당신은 여전히 껍데기를 취한 것이다. 8만 개의 껍데기만 끌어 모은 것이다.

不取外相　自心返照
불 취 외 상　자 심 반 조

겉모습을 취하지 말고 제 마음을 들여다보라.

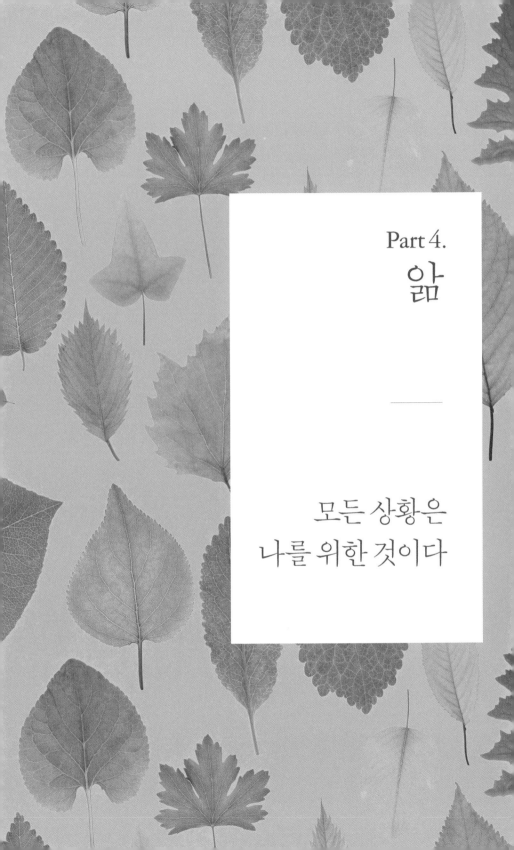

Part 4.

앎

—

모든 상황은
나를 위한 것이다

말만 하면 나 나 나

1.

우리나라 선불교를 해외에 널리 알린 숭산 선사. 그는 가르친다.
'I-My-Me'를 만들지 말라.
'나-나의-나를'을 만들지 말라.
왜? 그는 설명한다.

당신에게 '나'가 있으면, 당신에게 문제가 생깁니다. 만일 당신이
'나'를 열 번 만들면, 열 개의 문제가 생깁니다. 만일 당신이 '나'를
스무 번 만들면, 스무 개의 문제가 생깁니다. 만일 당신이 '나'를 천
번 만들면, 천 개의 문제가 생깁니다. 만일 당신이 '나'를 만 번 만들

면, 만 개의 문제가 생깁니다. 얼마나 많이 원합니까? *

그러니까 나를 더할수록 문제가 늘어나고, 나를 뺄수록 문제가 줄어든다. 말만 하면 나, 나, 나······. 이게 바로 문제다. 여기서 나를 하나 빼면 문제가 한 개 풀린다. 둘 빼면 두 개 풀린다. 셋 빼면 세 개 풀린다. 다 빼면 다 풀린다. 나가 없으면 문제도 없다. 나는 그것을 아나?

이것을 묻는 순간 '나'가 하나 생겼다. 그리고 물음표 하나가 붙었다. 나는 모르는 것이다. 숭산 선사의 평생 화두도 '오직 모를 뿐'이었다. '오직 모를 뿐'인 마음으로 곧 바로 나아가라 했다.

곧바로 어디까지? 선사가 가리킨 지점은 '나'가 없는 곳이다. 내가 사라진 무아의 세계다. 그는 그곳에서 깨달음을 얻어 자비를 실천하라고 했다. '오직 모를 뿐'이 첫째고, '곧 바로 나아가는 것'이 둘째고, '깨달음을 얻는 것'이 셋째고, '자비를 실천하는 것'이 넷째라 했다.

내가 이르러야 할 곳을 '무아지경'이라고 하자. 이 지점에서 나는 다 녹아 텅 빈 우주에 스며들 것이다. 한 방울의 물이 바다에 떨어지듯 무한 속으로 녹아들 것이다. 내가 사라져야 전부를 만나는 이 신비! 인도의 영적인 시인, 카비르는 이것이 도대체 어떤 만남이냐고 묻는다.

    내가 당신을 구하고 있었을 때
    당신은 거기에 없었습니다.
    그리고 지금

당신이 거기에 있을 때

그 구하는 자, 까비르는 어디에 있습니까?

이것은 어떤 만남입니까?

'나'가 사라지면 '신'이 차오른다. 오쇼는 말한다. "그대의 부재는 신성의 현존이다." 하지만 나는 자꾸만 '나'를 만들고 '신'을 밀어낸다. 말만 하면 나 나 나다. 나는 오늘 몇 번이나 '나'를 만들었나? 한번 세어 보자. 세는 방법은 다음과 같다.

1. 탐할 때: 탐하는 내가 있고 탐나는 대상도 있다.

2. 화낼 때: 화난 내가 있고 열받게 한 너도 있다.

3. 다툴 때: 벼르는 내가 있고 겨룰 너도 있다.

4. 따질 때: 따지는 내가 있고 따질 너도 있다.

5. 거부할 때: 거부하는 내가 있고 물리칠 너도 있다.

6. 자존심 내세울 때: 너 없이도 잘 산다고 버티는 내가 있다.

7. 걱정할 때: 마음 졸이는 내가 있고 근심거리도 있다.

8. 두려워할 때: 겁먹은 내가 있고 겁나는 것도 있다.

9. 생각할 때: 생각하는 내가 있고 생각도 있다.

나는 오늘 얼마나 많은 것을 탐했나? 얼마나 많이 화내고, 다투고, 따지고, 거부하고, 자존심을 내세웠나? 얼마나 많은 생각과 근심과 두려움으로 속을 썩였나? 말만 하면 나 나 나였나?

2.

나는 오늘 수 없이 많은 나를 만들었다. 나 나 나 나 나 나 나⋯⋯.
그와 함께 수 없이 많은 문제가 생겼다. 이 수두룩한 문제 더미가 나
를 짓누른다. 나는 고단하다. 고달프다. 고통스럽다. 그러니 이 문제
를 풀자. 나를 하나씩 빼서 나에게 엉겨 붙는 문제의 사슬에서 벗어나
자. 나를 빼는 방법은 다음과 같다.

1. 사랑한다: 너를 사랑하면 너에게 녹아든다. 모두를 사랑하면 모
두에 녹아든다. 큰 사랑에는 '나'가 없다. 내가 녹아들지 않는 사랑
은 가짜다. 나를 내세우는 사랑은 너를 소유하려는 욕망이다.

2. 감동한다: 감동할 때마다 내가 사라진다. 오직 감동만 남아 감동
그 자체가 된다. 내가 남아 있는 감동은 아직 부족하다. 무아지경
이 아니다.

3. 몰입한다: 깊이 몰입하면 나를 잊는다. 나는 몰입한 그것이 된
다. 음악에 빠지면 음악, 춤에 빠지면 춤, 그림에 빠지면 그림, 풍경
에 빠지면 풍경, 놀이에 빠지면 놀이, 일에 빠지면 일이 된다. 부산
하게 겉도는 나는 없다.

4. 나눈다: 나누는 만큼 나와 내 것에 대한 집착이 줄어든다. 다 나
누면 나도 없고 내 것도 없다. 나눔이 에고를 허문다.

5. 받아들인다: 너를 받아들이면 우리가 된다. 모두를 받아들이면
모두가 된다. 포용할수록 내가 줄고 우리가 늘어난다. 용서할수록

나를 가둔 장벽이 무너진다.

6. 헌신한다: 나를 바칠수록 나는 줄어든다. 나를 다 바치면 나는 없다. 내가 헌신한 그가 전부가 되고 나는 전부에 녹아든다.

7. 이완한다: 몸과 마음의 긴장을 다 풀어헤치면 나도 다 풀린다. 나는 편히 흘러 편안함이 된다.

8. 이해한다: 이해할수록 너와 나는 다르지 않다. 너와 나는 하나다. 진실로 우리는 같은 지구인이다. 우주인이다. 우리 모두 하나임을 아는 것이 깨달음이다.

9. 침묵한다: 생각과 말이 끊긴 깊은 침묵 속에 나는 없다. 나는 심연에 녹아든다. 입만 닫아서는 안 된다. 머릿속 생각들도 재잘거림을 멈춰야 한다. 떠도는 구름을 바라보는 푸른 하늘은 말이 없다.

나에게 맞는 방법을 몇 가지 골라 보자. 어떤 것이든 핵심은 나와 너를 가르지 않는 것이다. 가를수록 고립된다. 가를수록 에고의 감옥에 갇힌다. 그 감옥을 황홀한 궁전으로 꾸며도 감옥은 감옥이다. 나는 홀로 갇혀 외롭다. 그 감옥의 이름이 'I-My-Me'다. 나 나 나 나……다. 그 감옥의 창살은 너 너 너 너……다.

먼 옛날 아담과 이브도 나와 너를 가르면서 에덴 동산에서 쫓겨났다. 나와 너를 가르는 것이 악마의 유혹이었다. 이제 나를 하나씩 둘씩 빼서 나와 너를 가르는 선을 다 거두면 나는 다시 낙원으로 돌아간다. 그 낙원의 이름이 '무아지경'이다. 신의 왕국이다.

———

나를 더할수록 문제가 늘어나고,
나를 뺄수록 문제가 줄어든다.
나를 다 빼면 문제도 없다.

환상 속의 시간 여행

1.

영화, 「어바웃 타임」.

여기서 주인공은 툭하면 시간 여행을 한다. 그는 시간을 되돌릴 수 있는 특별한 능력이 있다. 원하면 언제든 과거로 되돌아갈 수 있다.

예컨대 어젯밤 그녀는 멋졌다. 하지만 내가 몇 가지 실수를 했다. 꾸물대다가 30분 지각을 했고, 무심결에 그녀가 싫어하는 말을 꺼냈다. 입맞춤을 하려다 접시를 엎었다. 안 그랬으면 아주 로맨틱한 밤이 되었을 텐데…….

자, 이때가 바로 시간을 되돌릴 때다. 나는 가만히 어젯밤을 떠올리며 그 시간으로 되돌아간다. 이번에는 서둘러 10분 전에 도착한다. 그녀가 좋아하는 말로 분위기를 잡는다. 접시를 조심스럽게 옆으로 치우고 부드럽게 입맞춤한다. 아, 아름다운 밤이여!

이로써 나는 최악의 선택을 최선의 선택으로 바꾼다. 내 삶은 최선의 시나리오 쪽으로 풀린다. 그런데 아름다운 그 밤이 또 문제가 된다. 그녀는 밤늦게 돌아가다가 교통사고를 당한다. 원래대로 일찍 헤어졌으면 무사했을 텐데. 아니 어젯밤 헤어지지 않았다면 사고도 없었을 텐데. 그렇다면 다시 한 번 더! 나는 또 어젯밤으로 되돌아간다. 이번에는 그녀를 보내지 않는다. 그녀와 밤새 사랑을 나눈다.

마침내 나는 최상의 시나리오를 완성한 것 같다. 나로선 가장 좋은 것만 골랐고 그 결과에 만족한다. 나는 그녀와 결혼하고 신혼의 단꿈을 누릴 것이다. 그런데 아뿔싸! 우리는 결혼하자마자 다투기 시작한다. 나는 수시로 다투기 전으로 되돌아가 상황을 바꾼다. 그래도 자꾸 다툰다. 나는 후회한다. 원래대로 할 걸. 그날 데이트를 망치고 그만 만날 걸.

이제 어떻게 하나? 나는 결국 첫 번째 최악의 시나리오로 돌아간다. 지각도 하고, 말실수도 하고, 접시도 엎는다. 그녀와 헤어지고 슬퍼한다. 하지만 이별이 있으면 만남도 있는 법. 얼마 뒤 그녀보다 멋진 애인이 나타난다. 그녀와 설레는 데이트를 한다.

해피 엔딩? 아니다. 나는 여전히 이런저런 실수를 하고, 마땅치 않은 상황이 벌어진다. 그때마다 되돌아간다. 그러면서 깊은 고민에 빠진다. 삶을 자꾸 되돌리다 보니 도리어 어떻게 사는 게 제대로 사는 건지, 어떤 게 내 삶인지 헷갈린다. 나는 누구인가? 도무지 뒤죽박죽이다.

「어바웃 타임」에서 주인공은 시간을 되돌리는 일의 모순과 한계에 직면한다. 그리고 시간을 되돌릴 필요가 없어졌을 때 비로소 진정한 행복을 맛본다. 그것은 이런 것이다.

- 어떤 선택이든 그대로 인정하고 그것의 결과를 순순히 받아들일 때 행복의 문이 열린다.
- 상황을 바꾸는 것이 아니라 나를 바꾸는 것이 행복의 열쇠다.

수십 수백 가지 시나리오로 살아봐도 답은 하나다. 행복은 상황을 받아들이는 나의 태도에 달렸다! 거기에 이르는 길은 거기에 있는 것! 행복하고 싶은가? 행복에서 시작하라! 평화롭고 싶은가? 평화에서 시작하라. 나는 이 결론이 마음에 든다. 나 또한 그리 살아야겠다. 당신은 어떤가? 기왕 묻는 김에 한 가지 더. 신이 당신에게도 시간을 되돌릴 수 있는 능력을 주겠다면 받으시겠나?

2.

신이 나에게 시간을 되돌릴 수 있는 능력을 주겠다면?

그렇다면 얼른 받아야지. 받아서 나도 한번 영화 속의 주인공처럼 짜릿하게 살아 봐야지. 내 인생을 둘도 없는 최고의 시나리오로 만들어 봐야지. 그러다가 골치 아픈 딜레마에 빠지면? 수많은 시나리오가 뒤섞여 도무지 나는 누구이고 어떤 것이 진짜 내 삶인지 헷갈리는 지경에 이르면? 그건 그때 가서 고민할 일이지.

그런데 신은 말한다.

"시간을 되돌리는 능력은 이미 너에게 주었다. 그것은 영화 속의 주인공에게만 준 게 아니다. 모두에게 다 주었다. 준 것을 또 달라고 하지 말라. 갖고 있는 것을 찾아서 잘 써라."

신이 벌써 나에게 주었다고? 헐!

『신과 나눈 이야기』를 쓴 닐 도널드 월쉬. 이 책에서 월쉬는 신에게 묻고 신은 답한다. 정말로 신이 답했는지 나는 모른다. 월쉬 혼자 묻고 답했을 수도 있다. 어떤 것도 증명할 수 없다. 하지만 나는 월쉬가 받은 답에서 신을 느낀다. 누가 답을 했건 그것은 신성의 차원에 있다. 책에서 신은 "삶이란 비디오 게임용 CD-ROM 같은 것"이라 한다. 다음은 그 대목.

우주의 수레바퀴를 (비디오 게임용) CD-ROM으로 생각하라. 모든 끝냄이 이미 존재한다. 우주는 그냥 이번에는 너희가 어느 쪽을 택할지만 보려고 기다리고 있다. 그리고 너희가 이기든, 아니면 비기든 간에 게임이 끝나고 나면, 우주는 이렇게 말할 것이다. 계속할까요?

네 컴퓨터는 네가 이기든 지든 신경 쓰지 않기에, 네가 그것의 감정을 다치게 할 수는 없다. 그것은 그냥 네게 다시 게임할 기회를 제공

할 뿐이다. 모든 끝냄이 이미 존재하니, 네가 어떤 끝냄을 체험하는 가는 네 선택에 달렸다.

많은 점에서 삶은 CD-ROM과 비슷하다. 모든 가능성이 존재하고, 모든 가능성이 이미 일어났다. 이제 너희는 어느 것을 체험할지 고를 시점에 이르렀다. *

신이 만든 한 장의 CD-ROM. 삶이란 게임은 이 안에 다 들어 있다. 내가 어떤 상황에서 어떤 대응을 하면 어떤 결과가 나오는지 모든 것은 이미 정해져 있다. 모든 시나리오가 동시에 존재한다. 시간은 없다. 공간도 없다. 지금 여기에 CD-ROM만 있다. CD-ROM이 전부다. CD-ROM이 진짜다.

그런데 이 CD-ROM을 가지고 게임을 하면 그때부터 시간이 전개된다. 한 시간 전에서 지금, 지금에서 한 시간 후로. 과거에서 현재, 현재에서 미래로. 공간도 시간과 함께 열린다. 환상적인 스테이지들이 끝도 없이 펼쳐진다. 아름답다. 장관이다.

하지만 이 시간과 공간은 가짜다. CD-ROM 안의 가상현실이다. 나는 이 안에서 마음대로 게임할 수 있다. 죽으면 또 하고, 또 하고……. 언제든지 원하는 과거로 되돌아가 원하는 게임을 할 수 있다. 정리해 보자.

· 지금 여기가 존재하는 전부다. 무한한 세계가 지금 여기에 다 있다.
· 모든 것은 이미 다 일어났다. 모든 가능성이 완료된 사실들로 존

재한다.

· 시간과 공간이란 지금 여기의 장대함을 체험하고 실감하기 위한
환상의 무대다.

이걸 내 식으로 다시 풀이해 보자. 신은 위대하고 흥미진진한 게임
을 한 편 만들었다. 그런데 이 게임이 얼마나 재미있는지 실감할 수
없다. 아무리 신이라도 CD-ROM만으론 신이 안 난다. 그래서 게임
을 해보기로 했다. 그의 분신인 아바타를 만들어 게이머로 내세우고
그들과 함께 보고 느끼고 즐기기로 했다. 인간은 시공간 스테이지에
서 게임을 하는 매우 중요한 아바타다.

이 게임에서는 천 개의 태양을 밝혀야 한다. 어떤 상황에서든 사랑
으로 대하면 태양이 한 개씩 켜진다. 요즘 말로 '득템' 한다. 반대로
두려움으로 대하면 태양이 한 개씩 꺼진다. 그래서 완전히 꺼지면 캄
캄한 지옥이다. 오로지 공포와 두려움뿐이다. 완전히 켜지면 눈부신
천국이다. 오로지 사랑과 기쁨뿐이다. 상상해 보라. 천 개의 태양이
떠 있는 황홀한 세상을.

게임은 상상할 수 없는 스케일이다. 전쟁과 평화, 만남과 이별, 사
랑과 배신, 도전과 좌절, 성공과 실패, 복수와 용서, 환희와 감동, 슬
픔과 분노, 수치와 용기 등등 없는 게 없다. 신은 지금 이 게임이 얼마
나 재미있는지 실감하고 있다. 신은 오로지 신난다.

내가 천 개의 태양을 다 밝히면 게임이 끝난다. 마침내 나는 신과
하나 된다. 빛과 사랑뿐인 신이 된다. 그 전에는 게임이 끝나지 않는

다. 내가 죽으면 게임은 묻는다. "계속할까요?"

물론이지! 나는 '예'를 클릭하고, 되돌아갈 단계를 고른다. 다시 도 전해서 성공하고 싶은 레벨과 스테이지를 정한다. 이로써 나는 원하 는 과거로 되돌아간다. 다만 과거에 했던 기억들은 모두 지워진다. 어 찌 될지 알고 하는 게임은 게임이 아니니까. 새 게임은 새로 해야 제 맛이니까.

이것이 바로 신이 나에게 준 선물이다. 시간을 되돌릴 수 있는 능력 이다. 영화 「어바웃 타임」의 주인공은 저리가라 할 정도의 대단한 능 력이다. 나는 천 개의 태양을 밝히는 신의 게임에서 원하면 언제든지 과거로 되돌아가 새로운 시나리오를 창조할 수 있는 신의 아바타다. 이것이 바로 윤회이고, 환생 아니겠나. 환상 속의 시간 여행 아니겠나.

3.

삶은 비디오 게임 같다고 했다. 여럿이 같이 즐기는 온라인 게임 같 다고 해도 좋다. 삶은 '스타 크래프트' 같다. '바람의 나라' 같다. '리 니지' 같다. '스트리트 파이터' 같다. 삶이 얼마나 게임 같은지 따져 보자.

· 하나, 선택은 내가 한다. 나는 원하는 걸 고를 수 있다.

· 둘, 나는 선택한 걸 얻는다. 원하는 걸 얻는 게 아니다.

· 셋, 어떤 선택이든 내용을 바꾼다. 선택할 때마다 시나리오가 달라진다.

이 세 가지는 철칙이다. 예외는 없다. 매 순간의 선택이 내용을 결정한다. 내 선택에 내 운명이 달렸다. 나는 선택을 잘해야 한다. 어떻게 잘할 수 있을까?

첫째, 원하는 걸 선택한다. A를 원하면 A를 선택한다. A를 원하면서 B를 선택하지 않는다. B를 선택하면 B를 얻는다. 나는 언제나 선택한 걸 얻으니까. 사랑을 원하면서 미워하면 미움을 얻는다. 평화를 원하면서 다투면 적을 얻는다. 오래 살기 원하면서 함부로 살면 빨리 죽는다.

둘째, 결과에 순응한다. B를 선택해서 B를 얻었으면 그것은 너무나 당연하다. 이를 마땅히 받아들여야 뒤끝이 없다. 나는 B를 선택하지 않았는데 B를 얻었다고? 그런 일은 없다. 그런 미련을 갖지 말라.

길을 건너다 사고를 당했다고 하자. 나는 길을 건너는 것을 선택했다. 그런데 길을 건너지 못하고 사고를 당했다. 나는 선택한 걸 얻지 못했나? 아니다. 그때 거기서 그 길을 건너면 사고를 당하게 되어 있었다. 나는 사고를 몰랐을 뿐 사고를 선택했다. 비디오 게임에서 똑같은 일이 벌어지면 나는 따지지 않는다. 그때 거기서 그 길을 건너는 바람에 사고를 당했다는 사실을 얼른 받아들인다. 어떤 상황에서 어떤 선택을 하면 어떤 결과가 나오는지 모두 정해져 있는 게임임을 알기에. 삶 또한 비디오 게임 같다. 영화 「어바웃 타임」의 주인공이 천

행복하고 싶은가? 행복에서 시작하라!
평화롭고 싶은가? 평화에서 시작하라.
나는 선택한 걸 얻는다. 원하는 걸 얻는 게 아니다.

신만고 끝에 깨달은 행복의 비결을 기억하자. 어떤 선택이든 내가 했음을 인정하고 그것의 결과를 순순히 받아들일 때 행복의 문이 열린다!

셋째, 최선의 선택을 한다. 그러나 최상의 선택은 없다. '최상'에 매달리면 '최선'을 놓친다. 시나리오의 갈래는 무궁무진하다. 지금 최상으로 보이는 것이 다음에 최악을 부를 수 있다. 지금 최악으로 보이는 것이 다음에 최상을 부를 수 있다. 행복은 불행의 씨앗이고, 불행은 행복의 씨앗이라고 했던가.

나는 전부를 알 수 없다. 시나리오를 바꾸는 경우의 수는 헤아릴 수 없이 많다. 무한 영역에 최상은 없다. 최악도 없다. 오로지 최선만 있다. 내가 할 일은 매 순간 최선을 다하는 것이다. 지금 이 순간에 모든 것을 건다. 나의 전부를 던진다. 여한을 남기지 않는다. 다음 순간이 끝일 수 있으므로. 눈앞이 바로 죽음일 수 있으므로. 그렇다면 최선의 선택은 어떻게 하나?

· 하나, 집중한다. 한눈팔지 않는다.

· 둘, 부드럽게 나아간다. 힘을 주는 것보다는 부드러운 게 잘 먹힌다.

· 셋, 순간 속의 틈과 여유를 발견한다.

이 세 가지는 기술적인 것이다. 게임을 해 본 사람은 무슨 말인지 금방 안다. 게임의 고수는 집중해서 상황을 장악한다. 눈앞에서 벌어지는 일에 100% 몰입한다. 그러나 서두르지 않는다. 그는 순간을 길게 늘여서 본다. 일촉즉발의 순간일수록 슬로 모션으로 바라본다. 그는 느린 화면 속에서 부드러우면서 민첩하다. 순간 속의 틈과 여유를 누린다.

집중할수록 순간이 길게 늘어난다. 늘어난 순간 속으로 깊이 들어가 오로지 이 순간만 남을 때 시간은 사라진다. 모든 것을 걸고 몰입한 이 순간! 그것이 전부다. 삶에서든, 게임에서든 고수는 순간에서 순간으로 움직이며 매 순간을 즐긴다. 그에게 시간은 없다. 영원한 이 순간만 있다.

4.

나는 윤회를 모른다. 내 영혼이 몸을 바꿔 가며 무수한 생을 거듭하고 있는지 나는 모른다. 하지만 아마 그럴 것이다. 아무리 생각해도 윤회가 없으면 더 이상하다. 앞뒤가 안 맞는다. 내가 아는 모든 것은 돌고 도니까. 돌아가고 돌아오니까. 내 몸은 땅으로 돌아간다. 내 영혼은 하늘로 돌아간다. 혼(魂)은 하늘로, 백(魄)은 땅으로! 하늘과 땅이 만나면 다시 천지인(天地人)의 혼백으로!

내 몸은 에너지체로서 물질계에서 영원하다. 나는 뭉치고 흩어지는 에너지로 영겁을 산다. 내 영혼은 정보체로서 시공간 너머에서 영원하다. 그것은 무게도 없고 부피도 없지만 언제 어디에나 있다. 음양이 만나 오묘한 조화를 이루듯 에너지와 정보도 수시로 만나 장엄한 우주 쇼를 펼칠 것이다.

이 우주 쇼가 신의 게임이다. 빅뱅과 함께 시작된 초특급 대작 게임이다. 신은 지금 게임 중이다. 신은 신난다. 니체는 말한다. "나는 춤추는 신만 믿을 것이다." 왜? 심각한 신은 다 죽었으니까. 나도 춤추는 신만 믿는다. 게임하는 신만 믿는다. 나는 게임하는 신의 아바타이므로. 나의 삶이 곧 게임이므로. 이제 환생을 포함해서 삶과 비디오 게임의 같은 점을 살펴보자.

· 하나, 죽으면 다시 할 수 있다.

· 둘, 다시 할 때는 못다 푼 단계 중에서 고른다. 즉, 과거로 되돌아갈 수 있다.

· 셋, 다시 하더라도 앞으로 건너뛰지는 못한다. 즉, 미래로 가지 못한다.

· 넷, 과거 현재 미래의 모든 시나리오는 이미 정해져 있다. 원본은 CD-ROM 같은 것이다.

· 다섯, 나는 나 나름의 시나리오를 만들어 가면서 게임을 체험하고 즐긴다.

영화 「어바웃 타임」과 다시 비슷해졌다. 영화 속의 주인공은 이승에서 되돌아간다. 나는 저승에서 되돌아간다. 차이는 그것뿐 우리는 모두 되돌아간다. 나는 저승에서 원하는 레벨과 스테이지를 고르고 이승으로 되돌아온다. 되돌아와서 다시 한다. 다시 선택하고, 다시 체험하고, 다시 즐긴다. 내 시나리오는 내가 쓴다.

죽음이 두려울 이유는 없다. 이번 한 번의 게임에 아귀처럼 매달릴 이유도 없다. 나는 무수히 산다. 돌아갔다가 돌아온다. 나는 돌아올 것이다. I will come back, soon!

그러나 나는 이번 게임을 잘해야 한다. 최선을 다해 레벨을 올려야 한다. 사랑의 불로 천 개의 태양을 밝혀야 게임이 끝난다. 갈 길이 아직 멀다. 갈수록 고난도다. 나는 정신 바짝 차려야 한다. 집중해야 한다. 슬기롭게 고난과 역경을 헤쳐야 한다. 위기를 기회로 바꿔야 한다. 매번 같은 단계에서 죽고 또 죽어서는 안 된다. 나는 이번 생에 한 개의 태양이라도 더 밝혀야 한다. 한 사람이라도 더 사랑해야 한다. 나는 지금 그러고 있는가?

천 개의 태양을 밝히는 게임

1.

내가 원숭이를 보면?

유치하다.

진화된 외계인이 나를 보면?

유치하다.

신이 나를 보면?

유치하다.

신은 묻는다.

"너희들은 수천 년 동안 뭘 했느냐?"

"고작 이것밖에 못 했느냐?"

다음은 닐 도날드 월쉬의 물음에 대한 신의 답이다.

인간 역사가 몇천 년이나 지난 지금, 너희가 말할 수 있는 것이 고작 이것이냐? 진실은, 너희는 거의 진화하지 않았다는 것이다. 너희는 여전히 '만인이 자신을 위해' 존재하는 미개한 심리상태에서 움직이고 있다.[*]

너희는 문명화된 사회의 가장 기본이 되는 개념들조차 분별하지 못하고 있다. 너희는 폭력 없이 갈등을 해결하는 법을 모르고, 너희는 두려움 없이 사는 법을 모르며, 너희는 조건 없이 사랑하는 법을 모른다. 이것들은 기본 중의 기본인 사리분별이다. 그런데도 너희는 이것들을 시행하지 않는 건 물론이고, 그 충분한 이해에 접근조차 하지 못하고 있다. 몇백만 년이 지난 지금까지도.[**]

나는 할 말이 없다. 부끄럽다. 나는 지금 어느 수준인가? 천 개의 태양을 밝히는 게임에서 내가 밝힌 태양은 몇 개나 되나? 내 레벨은 어디쯤인가? 데이비드 호킨스 박사의 측정법을 이용해 답을 구해 보자.

호킨스 박사는 인간의 의식 수준을 밝기로 측정한다. 아무것도 모르는 무지는 암흑이다. 의식의 빛이 한 줄기도 없는 칠흑 같은 어둠의 나라다. 수치로는 '0룩스'다.

반대로 모든 어둠을 몰아낸 깨달음은 빛의 나라다. 의식의 빛으로 가득한 환희다. 수치로는 '1000룩스'다. 그러니까 의식의 밝기는 0

룩스에서 시작해 1000룩스까지 올라간다. 내가 태양을 한 개 밝히면 1룩스, 열 개 밝히면 10룩스, 100개 밝히면 100룩스, 1000개 밝히면 1000룩스가 되는 셈이다.

호킨스 박사는 이 같은 의식의 상승을 17단계로 나눈다. 다음은 그가 『의식 혁명』이란 책에서 제시한 '의식의 지도'를 간추린 것이다.

레벨	1	2	3	4	5	6	7	8	9	10	11	12	13	14	15	16	17
룩스	20	30	50	75	100	125	150	175	200	250	310	350	400	500	540	600	700 ~ 1000
수준	수치심	죄의식	무기력	슬픔	두려움	욕망	분노	자존심	용기	중용	자발성	포용	이성	사랑	기쁨	평화	깨달음

복잡하면 세 구간으로 나눠서 보자.

구간	레벨	룩스	상태	수준 변화
1구간	1~8	200룩스 미만	부정적 에너지	수치심 → 죄의식 → 무기력 → 슬픔 → 두려움 → 욕망 → 분노 → 자존심
2구간	9~13	200~500룩스 미만	긍정적 에너지	용기 → 중용 → 자발성 → 포용 → 이성
3구간	14~17	500룩스 이상	영적 에너지	사랑 → 기쁨 → 평화 → 깨달음

나는 1구간을 지나 2구간 어디쯤 있을 것이다. 1구간에서 끌어내리는 힘이 3구간에서 끌어올리는 힘보다 세니 아직 멀었다.

내 의식의 빛은 200~300룩스 정도인가 보다. 내가 밝힌 태양은 200~300개 남짓인가 보다. 앞으로 밝혀야 할 태양이 700~800개나 되나 보다. 나는 유치하다. 미개하다. 평화롭게 갈등을 해결하는 법을 모른다. 두려움 없이 사는 법을 모른다. 조건 없이 사랑하는 법을 모른다.

데이비드 호킨스 박사는 2012년 85세로 별세했다. 그는 정신과 의사로서 근육 테스트와 같은 운동 역학을 이용해 '의식의 지도'를 만들고 연구하는 데 평생을 바쳤다. 그는 인간의 내면에 깃든 신성의 불꽃을 찾아 깨달음의 길을 밝힌 영적인 스승이기도 했다. 그는 말한다.

> 의식의 지도를 들여다보고 명상을 함으로써 '기쁨의 단계'에 이르는 좀 더 빠른 길을 발견하기를 기대해본다. 기쁨으로 가는 열쇠는 자신을 포함한 모든 생명 있는 것들에게 조건 없이 친절을 베풀고 자비심을 갖는 데 있다.*

이제 나는 의식의 지도를 들여다본다. 그리고 나에게 묻는다. 나는 수치심과 죄의식에 사로잡혀 죽지 못해 사나? 무기력과 슬픔의 우울에 젖어 왜 사는지 모르겠나? 두려움과 욕망과 분노에 휩싸여 되는대로 사나? 자존심의 방에 숨어 꽁하고 사나? 마음의 문을 열고 씩씩하게 사나? 상대를 존중하고 이해하고 받아들면서 즐겁게 사나? 모든 생명 있는 것들에게 친절과 자비를 베풀며 풍요롭게 사나? 사랑과 기쁨과 평화가 넘쳐 행복하게 사나?

2.

나는 3중의 존재다. 몸과 마음과 영혼이 함께 한다. '정-기-신(精-氣-神)', '이-기-상'(理-氣-像), '성-명-정(性-命-精)', '천-지-인(天-地-人)'처럼 세 발로 선다.

천 개의 태양을 밝히는 게임은 몸에서 마음으로, 마음에서 영혼으로 간다. '의식의 지도'로 보면 몸은 1구간, 마음은 2구간, 영혼은 3구간에 있다. 몸으로 살면 1구간이다. 마음에 사로잡혀 살면 2구간이다. 영혼의 울림에 따라 살면 3구간이다. 1구간은 육체적이고, 2구간은 심리적이고, 3구간은 영적이다. 1구간은 거칠고, 2구간은 미묘하고, 3구간은 신비롭다. 이외수 님 식으로 말하면 1구간은 육안, 2구간은 심안, 3구간은 영안으로 보는 세계다.

나는 지금 2구간 어디쯤 있다. 주로 마음으로 산다. 마음이 나인 줄 안다. 생각과 감정에 휘둘린다. 나는 욕망 가득한 마음을 넘어 영혼으로 가야 한다. 그래야 더 많은 태양을 밝힐 수 있다.

인디언 꼬마의 눈으로 세상을 바라본 『내 영혼이 따뜻했던 날들』. 내가 열 손가락 안으로 꼽는 사랑하는 책이다. 이 책에 몸에서 마음으로, 마음에서 영혼으로 가는 멋진 비결이 나와 있다. 비결은 할머니가 손자에게 전한다. 그것은 어렵지 않다. 몸의 근육을 키우듯 마음의 근육을 키우면 된다. 눈을 감으면 두런두런 이야기하는 할머니의 모습이 떠오른다.

사람들은 누구나 두 개의 마음을 갖고 있단다. 하나는 몸이 살아가는 데 필요한 것들을 꾸려가는 마음이야. 몸을 위해서 잠자리나 먹을 것을 마련할 때는 이 마음을 써야 해. 짝짓기를 하고 아이를 가지려 할 때도 이 마음을 쓰지. 그런데 이런 것들과 전혀 관계없는 또 다른 마음이 있어. 그건 영혼의 마음이야. 만일 몸을 꾸려 가는 마음이 욕심을 부리고 교활한 생각을 하면 영혼의 마음이 점점 졸아들지. 다른 사람을 해치고 이용할 생각만 해도 영혼의 마음이 졸아들어. 이런 사람은 영혼이 밤톨만해지고 나중엔 다 사라져 버려. 그는 살아 있어도 죽은 사람이야. 여자를 봐도 더러운 것만 찾아내는 사람, 다른 사람들에게서 나쁜 것만 찾아내는 사람, 나무를 봐도 아름다움을 모르고 목재와 돈덩어리로만 보는 사람, 이런 사람들이 다 그런 사람이야. 걸어 다니는 죽은 사람이지. *

할머니의 말씀은 계속되고 손자는 이야기 속으로 푹 빠진다.

영혼의 마음은 근육과 비슷해서 쓰면 쓸수록 더 커지고 강해진단다. 마음을 더 크고 튼튼하게 가꿀 수 있는 비결은 오직 한 가지뿐이야. 상대를 이해하는 데 마음을 쓰는 거지. 특히 몸을 꾸려 가는 마음이 욕심부리는 걸 그만두지 않으면 영혼의 마음으로 가는 문은 절대 열리지 않아. 욕심을 부리지 않아야 이해라는 것을 할 수 있기 때문이지. 반대로 더 많이 이해하려고 노력하면 영혼의 마음도 더 커진단다. 이해와 사랑은 같은 거야. 이해하지도 못하면서 사랑하는 체하는 사람들이 있는데 그런 사랑은 진정한 사랑이 아니야.•

할머니의 말씀은 쉽다. 그러나 어떤 법문보다 깊다. 몸처럼 마음도 잘 써야 근육이 생긴다. 마음의 근육이 튼튼해야 영혼의 문을 열 수 있다. 할머니의 가르침대로 마음의 근육 운동을 해 보자. 하나, 욕심을 내려놓는다. 둘, 상대를 이해한다. 하나, 욕심을 내려놓는다. 둘, 상대를 이해한다. 하나 둘, 하나 둘! 내가 욕심을 내려놓고 상대를 이해할 때마다 더 많은 태양이 빛날 것이다. 천 개의 태양은 오직 사랑으로 밝히는 것이므로. 이해와 사랑은 같은 것이므로.

나는 오늘도 게임 중이다. 환상 속의 시간 여행을 하고 있다. 기왕이면 실컷 즐기자. 하지만 착각하지 말자. 게임이 아무리 재밌어도 게임은 게임이다. 시간 여행이 아무리 짜릿해도 환상은 환상이다. 게임에 홀딱 빠져 환상이 전부라고 우기면 곤란하다. 나는 게임 속의 주인공보다 위대하다. 나는 그를 움직이는 게이머다.

게이머로서 내가 할 일은 천 개의 태양을 밝히는 것이다. 나는 몸과 마음을 다스려 눈부신 영혼의 나라에 이르러야 한다. 방법은 간단하다. 하나, 욕심을 내려놓는다. 둘, 상대를 이해한다. 천 개의 태양은 오직 사랑으로 밝히는 것이므로. 이해와 사랑은 같은 것이므로. 나는 게이머로서 이 임무를 잊으면 안 된다. 게임하는 신의 아바타에게 주어진 위대한 사랑의 미션을 저버리면 안 된다.

그러니 게임을 즐기되 게임 속에 빠지지 말라. 환상을 누리되 그것에 속지 말라. 이번 게임도 길지 않다. 얼마 남지 않았다. 그러나 갈 길이 멀다. 내가 밝힌 태양은 보잘것없다. 앞으로 밝혀야 할 태양이 수두룩하다. 나는 이번 게임에서 한 개의 태양이라도 더 밝혀야 한다. 한 사람이러도 더 사랑해야 한다.

나는 그것을 아나

1.

나는 그것을 아나? 그것을 사랑이라고 할까요. 나는 사랑을 아나? 평생 사랑을 받고, 사랑을 구하고, 사랑을 했으니 사랑을 안다고 해야 하나요? 아니, 나는 사랑을 모르겠습니다. 내가 진짜 사랑을 안다면 내 안에 있는 이 많은 미움과 분노는 무엇인가요?

나는 그것을 아나? 그것을 평화라고 할까요. 나는 평화를 아나? 평생 평화를 원하고, 평화를 외치고, 평화를 이루려 했으니 평화를 안다고 해야 하나요? 아니, 나는 평화를 모르겠습니다.

내가 진짜 평화를 안다면 내 안에 있는 이 많은 두려움과 갈등은 무엇인가요?

나는 그것을 아나? 그것을 행복이라고 할까요. 나는 행복을 아나? 평생 행복을 바라고, 행복을 붙잡고, 행복을 누리려 했으니 행복을 안다고 해야 하나요? 아니, 나는 행복을 모르겠습니다. 내가 진짜 행복을 안다면 내 안에 있는 이 많은 불만과 불평은 무엇인가요?

그러니까 내가 안다고 여기는 많은 것들이 사실은 아는 게 아닌 거지요. 아는 게 아는 게 아니다! 이걸 알았으니 그래도 다행입니다. 사실은 아는 게 아닌데 안다고 믿고 우기면 곤란해집니다. 앞의 것은 모른다는 것을 아는 것이고, 뒤의 것은 모른다는 것을 모르는 것입니다.

모른다는 것을 모르면 어떻게 할 수가 없습니다. 구제 불능입니다. 하지만 모른다는 것을 알면 깨우칠 수 있습니다. 나의 무지를 아는 것, 그것이 곧 앎의 시작입니다. 그렇다면 앎의 끝은 무엇일까요? 그것은 나와 그것이 하나 되는 것입니다. 묻는 나와 물음의 대상이 녹아들어 오직 그것만 남는 것입니다.

오로지 사랑인 것.

오로지 평화인 것.

오로지 행복인 것.

그것이 완전히 다 아는 '전지(全知)'입니다. 이제 더 이상 물을 것이 없습니다. 묻는 자는 사라졌습니다. 물음도 사라졌습니다. 답이 나왔고 '앎'만 남았습니다. 사랑만 남았습니다. 평화만 남았습니다. 행복만 남았습니다. 이런 것이 아마 깨달음이겠지요. 나는 그것을 아나? 아니, 모릅니다. 손톱만큼도 모릅니다. 나의 앎은 언제나 조건적으로

만 옳습니다. 나의 판단은 언제나 어떤 면에서만 그러합니다.

틱낫한 스님은 말합니다. "우리 스스로를 대상으로부터 분리된 존재로 보는 한 진정한 이해는 불가능하다." 『우리는 신이다(원제: God I am)』라는 책을 쓴 페테르 에르베는 말합니다. "우리가 뭔가를 비판하는 건 그것을 이해하지 못하기 때문이다." 오쇼 라즈니쉬는 말합니다. "그대의 지식(knowledge)은 앎(knowing)과 아무런 관련이 없다. 지식의 함정에 걸려들지 말라."

그렇습니다. 나는 지식의 함정에 걸려들었습니다. 이런저런 지식 더미들을 수북이 모아 놓고는 많이 안다고 우쭐댑니다. 온갖 쓰레기 정보를 탐하고는 뭐든 알 수 있는 것처럼 나댑니다. 편협한 주의 주장으로 색안경을 끼고는 나만 옳다고 우깁니다. 『작은 것이 아름답다』를 쓴 경제학자 에른스트 슈마허는 말합니다.

전문가란 점점 덜 중요한 것에 대해 더 많은 지식을 쌓느라 결국에는 아무 가치도 없는 것에 대해서만 잘 알게 되는 사람들이다.

오늘날 우리는 과학과 이성으로 무장한 첨단 문명의 오만과 무지에 젖어 있는 게 아닐까요. 어두운 무지의 장막을 걷고 깊이 들어가면 우리는 모두 연결되어 있겠지요. 더 깊이 들어가면 너와 나는 하나겠지요. 그와 같은 '신의 나라'에 이르면 모든 게 사랑이고, 평화이고, 행복이겠지요. 그런 궁극적인 차원에서 페테르 에르베는 다시 말합니다.

신은 누구 혹은 무엇인가 묻지 말고 신이 아닌 건 누구 혹은 무엇인가 물어라.

　신이 아닌 건 무엇인가? 신이 아닌 건 아무것도 없다. 신은 전부이기에. 터럭 하나라도 빠뜨리는 신은 신이 아니기에. 삼라만상은 모두 신의 자기표현이기에. 나는 그것을 아나? 아니, 모릅니다. 눈곱만큼도 모릅니다. 하늘만큼, 땅만큼 모릅니다. 그러기에 나는 자꾸 묻습니다.

　이제 연습 문제를 풀어볼까요?

　문: 나는 당신을 아나?

　나는 이 물음의 답을 알고 있습니다.

　답: 당신은 나입니다.

　그러나 이 답은 내 것이 아닙니다. 나는 나를 모릅니다. 당연히 당신도 모릅니다. 그래서 나는 또 묻습니다. 나는 내가 되었나? 나는 당신이 되었나?

　나는 이 물음이 언제 끝날지 알고 있습니다. 묻는 내가 사라지고 나와 당신이 하나 되어 오직 '우리'만 남을 때, 오로지 사랑이고 평화이고 행복일 때, 그때 비로소 이 물음은 끝납니다. 그때까지 나는 묻고 또 물을 겁니다.

　나는 그것을 아나?

2.

'섭리'라고 하면 너무 무거운가요? 그렇다면 기볍게 '신비'로 바꾸세요. '매직'으로 바꾸세요. 내 삶은 어디서 와서 어디로 갈까요? 이 물음에 섭리란 느낌이 설핏 들었다면 신이 나에게 힌트를 주신 거지요. 최고의 선물을 건넨 거지요.

섭리란 보이지 않는 어떤 큰 것, 큰 뜻, 큰 질서. 그러나 말로 다 드러낼 수 없는 것. 침묵 속에서 고요히 다가오는 것. 그러니까 내가 할 일도 할 만큼 하고 나머지는 그냥 맡기는 것. 그러다보면 애초부터 맡기면 됐을 것을 하면서 미소 짓는 것. 그럼에도 이리저리 궁리하고 애쓰는 것. 그래야만 제자리로 돌아와 문을 열 수 있는 것. 그러기에 언제 어디서나 어떤 일에도 순응하는 것.

내 삶에도 이런 섭리가 있겠지요. 태어날 때부터. 아니 내 아버지와 어머니, 그분들의 아버지와 어머니, 그분들의 아버지 어머니가 사랑했을 때부터. 그렇게 끝없이 거슬러 올라가 영원으로부터 영원으로까지.
나는 내가 모르는 어떤 큰 것이 있음을 느끼기에 조금 더 크고자 합니다. 나는 내가 모르는 어떤 큰 뜻이 있음을 느끼기에 조금 더 알고자 합니다. 나는 내가 모르는 어떤 큰 질서가 있음을 느끼기에 조금 더 낮추고자 합니다.

그것이 곧 신비 속으로 들어가는 여행이겠지요. 섭리에 다가가는 삶이겠지요. 나는 그것을 아나? 앎은 앎만 남을 때 끝납니다. 모든 거짓을 걷어내고 진실만 남을 때 끝납니다. 그전에는 모르는 것입니다.

그래서 나는 또 묻습니다. 진정한 앎에 이르는 깨달음의 질문. 뇌세포에서 온몸의 세포로, 온몸의 세포에서 유전자로 앎을 새기는 수행의 질문. 마음에서 가슴으로, 가슴에서 영혼으로 앎을 끌어올리는 구도의 질문.

"나는 그것을 아나?"

———

나는 내가 모르는 어떤 큰 것이 있음을 느끼기에
조금 더 크고자 합니다.
나는 내가 모르는 어떤 큰 뜻이 있음을 느끼기에
조금 더 알고자 합니다.
나는 내가 모르는 어떤 큰 질서가 있음을 느끼기에
조금 더 낮추고자 합니다.

영혼의 노래 Let it be

———

내가 고난에 처했을 때
어둠 속을 헤매일 때
마음 아프고 괴로울 때
어머니는 말했지.

Let it be
Let it be

지혜의 말
Let it be

나는 정말 그럴 수 있나? 어렵고 힘들고 괴로울 때 그 마음 내려놓을 수 있나? 어떤 일이든 알아서 흐르도록 그냥 놓아둘 수 있나? 비틀스의 명곡 「Let it be」처럼. 지혜의 말 「Let it be」처럼.

그건 쉬운 일이다. 그냥 탁 내려놓으면 된다. 그 외에 더할 일이 없다. 케 세라 세라(Qúe seŕa seŕa)! 어떻게든 되겠지! 이것 또한 지나가겠지! Let it be! Let it be!

'Let it be'가 지혜의 말이라는데 동의하는가? 그렇다면 다음 말에도 동의하라.

· 하나, 삶은 그 자체로 완전하다. 아무 문제 없다.

· 둘, 삶은 그 자체로 충분하다. 하나도 부족한 게 없다.

이 두 가지가 'Let it be'에 깔린 진실이다. 이 진실에 동의하는가? 그렇다면 나는 어떤 상황이든 받아들일 수 있다. 매운 고난과 시련도, 쓰린 실패와 좌절도 긍정할 수 있다. 불행을 겪어야 행복이 달콤하니까. 어둠을 거쳐야 한 줄기 빛이 눈부시니까. 모든 일에는 다 그만한 이유가 있으니까. 삶에는 아무 문제 없고, 하나도 부족한 게 없으니까. Let it be! Let it be!

그러나 나는 동의하지 못한다. 나에게 삶은 완전하지 않다. 충분하지 않다. 세상은 온통 잘못 투성이다. 하나도 제대로 된 게 없다. 나는 이것들을 바로잡아야 한다. 반듯하게 고쳐야 한다. 부족한 것을 보태야 한다. 빠진 것을 채워야 한다. 이 많은 문제들을 어떻게 그냥 놓아둔단 말인가? 그러고도 어찌 속 편히 지낼 수 있단 말인가?

나는 이런 각오로 평생을 산다. 지금도 열심히 바로잡고 있다. 쉼 없이 채우고 있다. 나는 멈출 수 없다. 아직도 바로잡을 문제가 수두룩하다. 보태고 채울 것이 무진장하다. 죽는 날에야 나는 깨달을 것이다. 고치고 채우려는 숱한 욕심들이 다 헛되었다는 것을.

그러니까 'Let it be'는 선택의 문제다. 둘 중 하나를 고르는 문제다. 마음의 집착을 내려놓을 것인가? 끝까지 움켜쥘 것인가? 움켜쥐면 고단해진다. 삶과 다퉈야 한다. 내려놓으면 편해진다. 삶과 다툴 일 없다.

'Let it be'는 '될 대로 되라'가 아니다. 무책임한 포기가 아니다. 대책 없는 방관이 아니다. 그것은 깊은 영혼의 노래다. 집착을 넘어선 곳에선 모든 것이 완전하고 충만하다는 깨달음이다. 내가 아는 것 너머에 더 크고 아름다운 뜻과 질서가 있음을 인정하는 받아들임이다.

엘리자베스 퀴블러 로스는 말한다. "잘못된 것은 아무것도 없다. 우연의 일치라는 것도 없다. 삶에서 일어나는 모든 일은 우리에게 배움을 주기 위한 축복이다." 닐 도날드 월쉬는 말한다. "이 우주에서는 모든 일이 완벽하다. 신은 그 오랜 시간 동안 단 한 번의 실수도 저지르지 않았다." 데이비드 호킨스는 말한다. "우주는 단 하나의 쿼크도 낭비하지 않는다. 이 우주에 무의미한 사건이란 없다." 아잔 차 스님은 말한다. "조금 내려놓으면 조금 평화로워질 것이다. 많이 내려놓으면 많이 평화로워질 것이다. 완전히 내려놓으면 완전한 평화와 자유를 알게 될 것이다. 그때 세상과의 싸움은 끝날 것이다."

———

삶은 그 자체로 완전하다. 아무 문제없다.
삶은 그 자체로 충분하다. 하나도 부족한 게 없다.

나는 오늘도 세상과 다툰다. 열 가지 100가지 일로 씨름한다. 아, 이 고단한 삶의 전투여! 끝없는 욕망의 미로여! 이제 이 싸움을 끝내자. 삶과 화해하는 영혼의 노래를 부르자. 지혜의 주문의 외자. Let it be! Let it be!

내 마음의 집착을 다 내려놓으면 더 구할 게 없다. 더 잃을 게 없다. 나는 텅 빈 존재의 중심에 선다. 걸림 없는 그 중심을 따라 세상의 모든 일들이 순리대로 돌아간다. 강물처럼 흘러간다. 나 또한 흘러간다. 무심하게. 여여하게. Let it be! Let it be!

신의 주사위 놀이

1.

'신은 주사위 놀이를 하지 않는다'고 아인슈타인이 말했던가. 하지만 내가 보기에 신은 주사위 놀이를 한다. 첫째, 삶 자체가 놀이다. 지구별에서 웃다가 울다가 가는 꿈같은 놀이다. 둘째, 삶은 이런저런 유형의 일들이 반복되는 행렬이다. 사랑과 미움, 기쁨과 슬픔, 성공과 실패, 희망과 절망, 만남과 이별, 욕망과 분노 등등.

그렇다면 내가 살면서 할 일은? 역시 두 가지다. 하나, 즐겁게 주사위 놀이를 한다. 둘, 내가 던지는 주사위가 어떤 모양인지 살핀다.

주사위 놀이를 모르는 분은 없을 것이다. 가볍게 던지고 나오는 숫자를 즐기면 된다. 원하는 숫자가 나오면 신난다. 아니면 섭섭하다.

이기면 좋다. 지면 안 좋다. 하지만 원치 않은 숫자도 나와야 놀이다. 질 때도 있어야 놀이다. 그래야 놀이는 재미있다.

그렇다면 내가 던지는 주사위는 어떤 모양인가? 도대체 어떻게 생겼기에 이런 일이 일어나고, 저런 일이 벌어지나? 이 주사위는 정육면체로 된 흔한 주사위가 아니다. 모든 일이 6분의 1의 확률로 공평하게 일어나지 않는다. 나는 이 주사위가 궁금하다. 몇 개의 면이 어떤 크기들로 맞춰져 있는지 알고 싶다. 주사위의 비밀을 파헤치고 싶다. 삶의 진실을 깨닫고 싶다.

방법은 간단하다. 주사위를 자꾸 굴리면서 숫자들을 살피는 것이다. 어떤 숫자가 어떤 식으로 나오는지 잘 보고 숫자들의 행렬 속에 숨은 질서를 가늠하는 것이다. 이 방법은 단순 무식하다. 어쩌랴. 머리 좋은 과학자들도 실험실에서 다 그렇게 한다는데. 예컨대 신의 주사위를 굴려 보니 네 개의 숫자가 반복적으로 나온다.

1. 좋다
2. 싫다.
3. 옳다.
4. 그르다.

나에겐 좋거나 싫거나 옳거나 그른 일이 돌고 돈다. 그러니까 신의 주사위는 삼각뿔 같은 4면체다. 숫자의 행렬은 마땅치 않다. 툭하면 '싫다', 아니면 '그르다'다. '좋다'와 '옳다'는 별로 없다. 이 삼각뿔은 기형이다. 2개 면은 넓고, 2개 면은 좁다.

이로써 나는 과학자들이 실험실에서 만드는 '기본 모형'이란 것을 만들었다. 나는 신의 주사위가 어떤 모양인지 알 것 같다. 내 모형을 검증해 보자. 나는 또 주사위를 굴린다. 그랬더니 갑자기 못 보던 숫자들이 나온다. 이들은 조금 복잡하다.

5. 좋고 옳다.

6. 좋고 그르다.

7. 싫고 옳다.

8. 싫고 그르다.

그래. 좋지만 그른 일도 있고, 싫지만 옳은 일도 있지. 싫고 그른 일은 아주 많지. 가끔은 좋고 옳은 일도 있지. 아무래도 신의 주사위는 4면체가 아니라 8면체인가 보다. 1개 면(싫고 그르다)는 아주 넓고, 4개 면(싫다, 그르다, 좋고 그르다, 싫고 옳다)은 보통이고, 2개 면(좋다, 옳다)은 좁고, 나머지 1개 면(좋고 옳다)은 아주 좁은 별나게 일그러진 8면체인가 보다. 나는 주사위 모형을 바꾼다. 하지만 이걸 어쩌나. 또 엉뚱한 숫자가 나온다. 나는 헷갈린다.

9. 좋지도 않고 싫지도 않다.

10. 옳지도 않고 그르지도 않다.

내 모형은 또 틀렸다. 나는 모형을 깨고 다시 짜야 한다. 이제는 10면체다. 면이 너무 많아 골치 아프다. 10개 면이 각각 어떤 크기로 붙어 있는지 잘 모르겠다. 어쩌면 '좋지도 싫지도 않고, 옳지도 그르지도 않은 일'이 나타날 수도 있겠다. 이런 일에는 11이란 숫자를 붙이자.

내 모형은 또 바뀐다. 11면체다.

그 유명한 멘델의 화학 주기율표가 이렇게 만들어졌다. 멘델이 빈 칸으로 남겨 두었던 곳은 결국 채워졌다. 극도로 작은 미시 세계를 탐험하는 양자 물리학자들이 그려 낸 원자의 표준 모형도 똑같은 방식으로 진실에 접근했다.

내 모형이 맞다면 어느 날 신의 주사위에서 11이란 숫자가 나올 것이다. 정말로 '좋지도 싫지도 않고 옳지도 그르지도 않은 일'이 나에게 다가올 것이다. 그쯤 되면 나오는 숫자마다 하나같이 11일지도 모른다. 어떤 일이든 좋지도 싫지도 않고 옳지도 그르지도 않을지 모른다.

2.

내 모형은 또 틀릴 수 있다. 속절없이 세월이 흐르다가 졸지에 12나 13이란 숫자와 마주칠지 모른다. 좋으면서도 싫은 일, 옳으면서도 그른 일 등등. 도무지 분류가 안 되는 난해한 미지수를 만날 수도 있다.

하지만 이제 당황하지 않는다. 모형은 다시 만들면 된다. 나는 어떻게 모형을 만드는지 안다. 중요한 것은 결국 숫자다. 신의 주사위에서 어떤 숫자가 나오든 그것을 놓치면 안 된다. 그 숫자를 알아차리고 순순히 받아들여야 한다. 매 순간을 온전히 알아차리고 받아들일 것! 이

것이 핵심이다. 주사위 놀이를 즐기는 단 하나의 규칙도 이것 아니었던가. 숫자를 잘 보고 나온 숫자에 군말 없이 따를 것!

나의 하루하루는 주사위 굴리기다. 일상에서 일어나는 모든 일은 주사위에서 나온 숫자다. 나는 이 숫자를 통해 삶의 진실에 접근한다. 이 숫자에는 어떤 질서가 있다. 섭리가 있다. 카르마(업)와 다르마(법)가 있다. 나는 정신 바짝 차리고 숫자들을 살펴야 한다. 한 번 숫자를 놓치면 그만큼 진실에서 멀어진다. 오늘도 나는 주사위를 굴린다, 지금 이 순간에도 신의 주사위는 어떤 숫자를 보여 주고 있다.

평생 주사위를 굴리면서 내 모형도 변해 간다. 4면체에서 8면체로, 8면체에서 10면체로, 10면체에서 11면체로……. 주사위 모형은 갈수록 복잡해진다. 이 모형에는 면이 너무 많다. 생김새도 이상하다. 이런 모형은 쓸모가 없다. 모형의 기본 조건인 단순성과 예측 가능성을 잃어버렸다.

나는 결국 이 모형도 버린다. 그리고 마지막 하나를 만든다. 그것은 둥근 공이다. 어떤 숫자든 신의 중심에서 같은 거리에 있다. 어떤 숫자든 신의 나라와 등거리로 연결돼 있다. 모든 숫자는 나를 위한 것이다. 모든 상황은 나를 위한 것이다. 신의 주사위는 둥글다. 답은 '정1면체'다.

시험 볼 때 난해한 수학 문제를 만나면 찍는다. 답은 셋 중 하나다. 1 또는 0 또는 −1. 빙고! 이렇게 해서 답을 맞혀도 그것은 내가 푼 게 아니다. 그 답은 내 답이 아니다. 나는 여전히 미로 속에 있다. 목숨 걸고 깨달음을 구하던 한 수도승이 어느 날 갑자기 배꼽을 잡고 웃는다. 이렇게 쉬운데 어쩌자고 죽자 살자 매달렸던가! 그냥 누리고 즐기면 될 것을 무엇 때문에 그토록 심각했던가! 그는 파안대소한다. 덩실덩실 춤을 춘다.

그래, 원래 답은 단순하다. 그러나 과정은 복잡하다. 답은 복잡함 속에 숨은 아름다운 단순함이다. 신의 주사위도 그 모양을 깨달으려면 지난한 과정을 거쳐야 한다. 주사위의 면을 늘리고 늘리다가 도저히 더 늘릴 수 없을 때가 되어야 둥근 공의 윤곽이 나온다. 주사위의 모양을 수도 없이 일그러뜨려 봐야 그 일이 아무 소용 없다는 것을 깨닫는다.

나는 나의 마지막 주사위 모형이 좋다. 그것은 다 풀지 못하고 찍은 답이다. 그래도 주사위를 던지는 기분이 한결 가볍다. 주사위에서 나온 숫자를 받아들이는 심정이 애닳지 않다. 모든 숫자는 나를 위한 것일 테니까.

'신은 주사위 놀이를 하지 않는다'는 아인슈타인의 주장은 물리학계에서 매우 유명한 논쟁과 관련돼 있다. 아인슈타인은 우주의 법칙은 인과 관계가 분명한 것이지 확률이 아니라고 확신했다. 원자핵 주위를 도는 전자들의 존재를 확률로 따지는 양자역학의 접근법을 인정하지 않았다. 이에 정면으로 맞선 인물이 양자역학의 거장, 닐스 보어다. '상보성의 원리'를 주창한 그는 "신에게 이래라 저래라 하지 말라"고 아인슈타인에게 반박했다.

20세기 물리학계의 두 전설이 벌인 역사적인 공방! 그 내용은 복잡하니까 각설하자. 그래도 승패는 궁금하다. 누가 이겼을까? 보어가 이겼다. 아인슈타인이 완패했다. 신은 주사위 놀이를 한다. 상대는 바로 나다. 신과 나는 오늘도 주사위를 굴린다. 그 주사위는 둥글다. 모든 숫자의 확률은 완전히 동일하다. 어떤 숫자든 신의 중심에서 같은 거리에 있다. 어떤 상황이든 다 나를 위한 것이다.

2차원도 못 넘으면서

1.

  무위당(無爲堂) 장일순. 낮은 곳에서 하늘과 땅과 사람을 모시며 살던 분이다. 일속자(一粟子)란 호도 즐겨 썼다. 일속자, 좁쌀 한 알이란 뜻이다. 그는 나락 한 알에도 우주가 있다고 했다. 평생 강원도 원주에서 한살림 운동과 생명운동을 펼쳤던 그가 묻는다.

  "물을 나눌 수 있습니까? 지구를 나눌 수 있습니까? 공기를 나눌 수 있습니까?"

  그는 답한다. "아무것도 나눌 수 없습니다. 다 '하나'입니다." 그는 "다 하나인 그 속에서 이야기할 때 인간관계, 자연관계, 모든 관계가 바로 선다"고 했다.

그런데 우리는 다 나눈다. 땅도 나누고, 바다도 나누고, 하늘도 나눈다. 말로는 4차원 너머의 무경계 세상을 떠들지만 부끄럽다. 우리는 사실 2차원도 넘지 못해 쩔쩔맨다. 땅과 바다와 하늘은 스스로 금을 그은 적이 없는데 인간들이 제멋대로 금을 긋고 난리를 친다. 땅과 바다와 하늘은 아무 말이 없는 데 인간들만 서로 삿대질하며 요란하다. 온 나라가 들끓고 지구촌이 들썩인다.

장일순 선생은 "공기까지 나누는 판이 되면 다 간 것"이라 했다. 그렇다. 우리는 갈 데까지 갔다. 처음에는 땅만 가르다가 점점 바다를 가르고 이제는 하늘도 가른다. 우리는 외친다. 독도는 우리 땅이고, NLL(북방한계선)까지는 우리 바다고, 이어도 위는 우리 하늘이다. 그런데 일본은 독도가 자기네 땅이라 하고, 북한은 NLL은 인정할 수 없는 선이라 하고, 중국은 이어도 위도 자기네 하늘이라고 한다.

저마다 사생결단할 듯 각을 세운다. 이런저런 명분과 논리와 근거를 내세우지만 결국은 그게 내가 먼저 금을 긋고 챙겼다는 것이다. 금이야 원래 없던 것이니 누군가 제일 먼저 긋고 챙겼을 것이다. 그다음에 다른 누가 그 금을 넘어와 챙겼을 것이고, 이어 또 다른 누가 그랬을 것이다. 그것이 유구한 전쟁의 역사이고 정복의 역사다.

그 역사를 훨씬 더 거슬러 올라가면 먹이와 번식을 위해 으르렁거리는 동물들의 영역 다툼이 있을 것이다. 그러니까 조금 심하게 얘기해서 멍멍이들이 여기저기 쉬를 하고 여기는 내 구역이니까 얼씬거리지 말라고 짖어 대는 것과 인간들의 영토 다툼은 별로 다를 것이 없다. 동물들이 평면에 금을 긋는 2차원이라면 인간들은 땅과 바다와 하늘에 입체적으로 금을 긋는 3차원이라는 게 다르다면 다를까.

북미 대륙에서 잔혹하게 인디언을 몰아낸 백인들에게 땅에 금을 긋는 행위가 도무지 가당한 얘기냐고 묻는 유명한 연설이 있다. 1854년 시애틀 인디언 추장 앞에는 억지로 계약서를 들이밀고 겁박하는 백인 정복자들이 있다. 그들은 자기들이 그은 보호구역 안으로 인디언을 몰고 있다. 그들에게 시애틀 추장은 묻는다.

우리가 어떻게 공기를 사고팔 수 있단 말인가? 대지의 따뜻함을 어떻게 사고판단 말인가? 우리로선 상상하기조차 어려운 일이다. 부드러운 공기와 재잘거리는 시냇물을 어떻게 소유할 수 있으며, 또한 소유하지도 않은 것을 어떻게 사고판단 말인가?*

그는 우리는 대지의 일부분이며, 대지는 우리의 일부분이라고 한다. 들꽃은 우리의 누이이고, 순록과 말과 독수리는 우리의 형제라고 한다. 강의 물결과 초원에 핀 꽃들의 수액, 조랑말의 땀과 인간의 땀은 모두 하나라고 한다. 모두가 같은 부족, 우리의 부족이라고 한다. 대지가 인간에 속한 것이 아니라 인간이 오히려 대지에 속해 있다고 한다.

무위당 장일순과 시애틀 추장은 같은 영혼이다. 하지만 '인디언 소울'은 짓밟혔다. 시애틀 추장의 물음에 백인들은 총칼로 답했다. 대지에 금을 긋는 편에 섰다. 우리 또한 이편에 서 있다. 우리는 얼마나 금 긋는 것을 좋아하나. 남과 북이 금을 긋고, 영남과 호남이 금을 긋고, 보수와 진보가 금을 긋는다. 내 편은 무조건 옳고 다른 편은 무조건 틀렸다. 누구든 어느 한 편에 줄을 서면 갑자기 머리에 쥐가 나는지 이상한 말을 하고 엉뚱한 고집을 피운다. 말로 안 되면 주먹을 날리고, 주먹으로 안 되면 각목을 휘두른다.

지구촌 차원으로 가면 더 무시무시하다. 서로 총을 쏘고, 폭탄을 터트리고, 인질의 머리를 벤다. 핵으로 무장하고, 최첨단 살상 무기를 자랑한다. 전투기, 잠수함, 항공모함, 미사일 등등 평화를 위한 중무장 비용이 어마어마하다. 한 건에 수천억 원, 수십조 원을 호가한다. 이쪽의 영웅은 저쪽의 원수다. 이쪽의 애국은 저쪽의 매국이다. 이쪽의 정의는 저쪽의 불의다. 선 하나만 건너면 모든 게 거꾸로 뒤집어진다. 그것은 웃지 못할 코미디다.

2.

붓다는 시비하고 분별하는 마음을 넘어서는 게 해탈이라 했는데 바로 시비와 분별이 금을 긋는 행위다. 땅과 바다와 하늘에만 금이 있는 게 아니다. 내 마음에도 금이 있다. 땅과 바다와 하늘의 금은 사실 마음의 금에서 나온 것이다.

나는 이런저런 선으로 복잡하게 엮은 마음의 집에서 산다. 그 집은 어수선하다. 어지럽다. 어두컴컴하다. 이쪽으로 움직이면 이 선에 걸리고 저쪽으로 움직이면 저 선에 채인다. 어떤 쪽은 굵은 선을 수없이 덧칠해 아예 장벽을 세운다. 나는 그 벽에 갇혀 꼼짝할 수 없다. 나는 2차원의 선으로 만든 3차원의 감옥에서 그것이 감옥인 줄 모르고 산다. 그 안이 편안한 나의 집이라 여기며 산다. 그 집의 이름이 에고다. 인격이다. 페르소나다. 편견이다. 고정관념이다. 선입견이다. 이념이다. 신념이다. 이데올로기다. 습관이다. 취향이다. 교양이다. 그것은 내 행세를 하는 거짓 나다.

시비와 분별이 심하면 마음에 그어 놓은 선이 많다는 증거다. 그중 안으로 끌어당기려는 선은 욕망과 집착의 선이고, 밖으로 내치려는 선은 시기와 질투의 선이다. 붓다는 탐하는 마음과 화내는 마음과 어리석은 마음을 탐·진·치 3독(貪·瞋·癡 3毒)이라 했다. 나를 고통에 빠뜨리는 세 가지 독이라 했다. 이중 '탐'은 안으로 가두려는 선이고, '진'은 밖으로 내쫓으려는 선이다. 마음속에 이런저런 선을 그어 놓고도 그걸 모르거나 그 선만이 최고라고 우기는 것은 '치'다.

나는 까다롭다. 시시콜콜 따진다. 이건 이래서 좋고 저건 저래서 싫다. 이건 이래야 하고 저건 저래야 한다. 이건 이러면 안 되고 저건 저러면 안 된다. 너는 내 편이고 너는 내 편이 아니다. 네가 이래선 안 된다. 네가 이럴 순 없다. 틈만 나면 따지고 가르는 통에 내 마음에는 수많은 금이 갔다. 복잡한 선이 얽히고설켜 정신 사납다.

이런 선을 하나씩 거두는 것이 바로 자유로워지는 길이다. 무심에 이르는 길이다. 나를 옥죄는 선을 다 거두면 해방이다. 해탈이다. 그물에 걸리지 않는 바람이다. 텅 빈 하늘이다.

미국의 명상가인 마이클 싱어는 누구든 마음을 열고 자유와 해방을 맛볼 수 있는 아주 간단한 방법을 가르친다. 닫지만 말라!

당신을 열려 있게 하는 아주 간단한 방법이 있다. 닫지 않기만 하면 된다. 그것은 이렇게 간단하다. 당신이 해야 할 일은 단지 자신이 열려 있기를 기꺼이 원하는지, 아니면 닫을 필요가 있는 것인지를 결정하는 것이다. 사실, 닫는 법을 잊어버리도록 자신을 훈련시킬 수도 있다. 마음을 닫는 것은 하나의 습관이다. 그리고 그것은 다른 모든 습관들과 마찬가지로 깰 수 있다.•

이걸 마음에 금을 긋는 행위, 시도 때도 없이 시비하고 분별하는 행위에 적용해 달리 말해 보자.

· 당신을 해방시키는 아주 간단한 방법이 있다. 금을 긋지만 말라. 금은 당신의 올가미다.

· 당신을 자유의 나라로 이끄는 아주 간단한 방법이 있다. 따지고 가르지만 말라. 시비와 분별은 당신의 감옥이다.

마이클 싱어는 "자유로워지기를 원한다면 마음속에서 어떤 집착이나 저항이 일어나는 것을 감지할 때마다 힘을 빼고 뒤로 물러나라"고 당부한다. 그것과 맞붙어 싸우지 말고, 그것을 바꿔 놓으려고 애쓰지 말고, 그것을 심판하지 말라고 한다. 그저 힘을 빼고 놓아 보내라! 마이클 싱어는 이것이 '해방의 게임'을 즐기는 방법이라고 한다. 약 오르기 대신 자유로워지기라고 한다. 그의 훈수대로 '해방의 게임'을 즐겨보자. 나는 수시로 다음의 두 가지 상황에 부닥친다. 하나, 내가 좋아하는 것을 만나 마음에 집착이 일어난다. 둘, 내가 싫어하는 것을 만나 마음에 저항이 일어난다.

이렇게 집착이나 저항이 일어날 때가 바로 기회다. 절호의 찬스다. 이때 나는 알아차려야 한다. 거기가 바로 금이 그어진 자리다. 나는 이제 그 금을 바라본다. 그 금을 지우고 자유와 해방의 나라로 갈지, 올가미를 뒤집어쓰고 감옥으로 들어갈지는 내가 선택한다. 그리고 그 금을 지우는 방법은 아주 간단하다. 집착을 내려놓고 저항을 멈춘다. 그다음은? 자유다. 해방이다.

너무 간단해서 싱거운가? 그렇다면 조금 긴 설명조로! 먼저 힘을 빼라. 가두거나 내치려고 긴장해서 잔뜩 힘주지 마라. 힘을 뺐으면 뒤로 물러나라. 그것과 다투지 마라. 그것을 바꿔 놓으려고 애쓰지 마라. 그것을 심판하지 마라. 힘을 빼고 뒤로 물러났으면 이제 놓아 보내라. 마음에 집착이나 저항의 파문을 일으킨 그것을 붙잡지 말라. 그것이 지나가도록 가만히 있어라. 그다음은? 자유다. 해방이다.

나는 마음속에 숱한 선을 그어 놓았으니 '해방의 게임'도 진종일 즐길 수 있다. 일본은 독도가 자기네 땅이라고 우긴다. 그러면 나는 욱

'조금 더'를 외칠 때마다 세상은 문제를 일으킨다.
'조금 더' 원하는 딱 그만큼 이 순간이 부족한 것이므로.
'조금 더' 채우지 못한 딱 그만큼 이 세상이 완전하지 않은 것이므로.

한다. 북한은 너네 맘대로 NLL이냐고 소리친다. 그러면 나는 열받는다. 중국은 이어도 위가 자기네 하늘이라고 주장한다. 그러면 나는 흥분한다. 나는 내 안의 선을 움켜쥐고 결의를 다진다. 이 선은 죽어도 사수다. 한 발도 물러설 수 없다. 나라를 위해, 민족을 위해!

사실 이런 선은 지우기 어렵다. 이 선은 나 혼자 그은 선이 아니다. 이 선은 오랜 세월에 걸쳐 수많은 사람들이 그은 선이다. 역사의 한이 맺힌 선이다. 누대의 업이 켜켜이 쌓인 선이다. 그러나 어떤 선이든 원한과 분노의 골이 더 깊이 패도록 덧칠해선 안 된다. 선 하나에 수천만 명이 죽자 살자 목을 매는 것은 떼를 지어 2차원의 굴레를 뒤집어쓰는 것이다. 그건 끝도 없이 광활한 우주 공간을 떠도는 티끌만한 지구별에 모여 살면서 할 짓이 아니다.

내 안에 죽죽 그어진 굵고 질긴 선. 이런 선은 지우고 또 지워야 한다. 자꾸 지워야 한다. 이런 선이 버거우면 가늘고 얇은 선부터 지우자. 너와 나 사이에 그어 놓은 미움의 선, 분노의 선, 침묵의 선부터 지우자. 사소한 일로 마음을 닫아 건 자존심의 선부터 지우자. 역사의 한이 맺히고 누대의 업이 쌓인 선도 다 이런 선에서 시작됐을 테니까.

내 안의 선, 그것도 결국 하나씩 지우는 것이다. 그냥 지우는 것이다. 그것은 그토록 간단하다. 복잡하게 생각하면 엉킨다. 그냥 지우자. 나는 지운만큼 풀려난다. 거미줄 같이 촘촘하게 그어 놓은 시비와 분별의 선을 하나씩 지워 나가면 어두컴컴하던 내 마음의 뜰에 햇살이 비치리라. 포용과 용서와 연민의 온기가 스미리라. 갇혀 있던 사랑의 에너지가 풀려나 나를 일깨우리라. 나는 그 빛과 온기와 에너지로 2차원의 선을 넘고, 3차원의 공간을 넘고, 마침내 4차원의 시공간을 넘는다. 아무런 걸림이 없는 무경계의 세상으로 간다. 거기서 나는 자유롭다. 행복하다. 평화롭다.

홈리스

에덴 동산에서 쫓겨난 아담과 이브. 그들만 홈리스인가? 나도 홈리스다. 내 안의 천국에서 제 발로 뛰쳐나온 홈리스다. 영혼의 집을 등지고 욕망의 거리를 떠도는 홈리스다. 나는 정처 없다. 편치 않다. 고단하다.

나는 매일 싸운다. 삶과 겨룬다. 나는 다투고 싶지 않다. 하지만 삶이 시비를 건다. 툭하면 팔목을 비튼다. 툭하면 다리를 건다. 내가 다투는 것은 내 잘못이 아니다. 삶이 잘못이다. 삶이여, 제발 나를 건드리지 마라.

나는 평화를 원한다. 그러나 평화롭지 않다. 오늘도 세상은 나를 흥분시킨다. 화를 돋운다. 다들 제 정신이 아니다. 제대로 하는 놈이 없다. 제대로 되는 일이 없다. 나라도 한 마디 해야겠다. 내가 한 소리 하는 것은 도저히 참을 수 없기 때문이다. 그것은 내 탓이 아니다. 네 탓이다. 엉망진창 세상 탓이다.

나는 패자다. 루저다. 나의 승리는 가짜다. 거짓이다. 나의 영광은 환상이다. 신기루다. 나는 하나도 건진 게 없다. 쓰라린 상처뿐이다. 나는 졌다. 허무하다.

나는 도망자다. 나는 삶이 두렵다. 세상이 겁난다. 아무도 믿을 사람이 없다. 어디에도 기댈 곳이 없다. 내일은 또 어쩌나? 나는 불안하다. 초조하다. 또 무슨 일이 일어날지 모른다. 또 무슨 화를 입을지 모른다. 나는 대비해야 한다. 방어해야 한다. 안팎을 단단히 지켜야 한다. 나는 마음의 빗장을 닫아 건다. 가슴의 문을 잠근다. 나는 삶이 무서워 숨는 겁쟁이다. 삶을 피해 달아나는 도망자다. 그러나 삶은 줄기차게 나를 뒤쫓는다.

나는 소박하게 살고 싶다. 단지 조금만 더 원할 뿐이다. 돈도 조금만 더 있으면 된다. 집도 조금만 더 크면 된다. 애들도 조금만 더 키우면 된다. 일도 조금만 더 하면 된다. 지식도 조금만 더 늘리면 된다. 자리도 조금만 더 올라가면 된다. 이름도 조금만 더 날리면 된다. 그런데 그 조금만이 안 된다. 나는 끝없이 조금만이다. 20년 전에도 조금만, 10년 전에도 조금만, 지금도 조금만이다. 10년 뒤에도 조금만, 20년 뒤에도 조금만일 것이다. 나는 '조금 더'의 게임을 끝낼 수 없다. 그래서 소박할 수 없다. 그것은 조금 더 있다 할 일이다.

내 영혼의 집은 '조금 더'를 멈춘 바로 그 자리, 그 지점에 있다. '조금 더'를 외칠 때마다 나는 집을 떠난다. 지금에서 다음으로 간다. 여기에서 저기로 간다. '한 푼만'을 외칠 때마다 나는 거지가 된다. 그와 함께 삶은 시비를 건다. 세상은 문제를 일으킨다. '조금 더' 원하는 딱 그만큼 이 순간이 부족한 것이므로. '조금 더' 채우지 못한 딱 그만큼 이 세상이 완전하지 않은 것이므로.

그러니까 '조금 더'를 멈추면, 헛된 마음의 결핍을 떨치면 그 순간 부족함이 사라진다. 이제 더 구할 것이 없다. 더 다툴 일이 없다. 모든 것은 완전하다. '조금 더'를 떨친 '지금 여기'가 에덴동산이다. 평화로운 신의 나라다. '조금 더'는 충만한 집에서 욕망의 벌판으로 나서는 출구다. 모든 홈리스들이 입에 달고 사는 유혹의 주문이다.

나는 언제 집을 떠났던가? 너무 오래 삶과 다투며 거친 세상을 떠돌았구나. 내 집이 아득하구나. 집으로 가는 길이 희미하구나. 그래도 나는 가야겠다. 집으로 돌아가야겠다. 저 마음의 언덕 너머 내 영혼의 집, 내 안의 중심, 내 안 깊은 곳의 고요 속으로 되돌아가야겠다. 삶과 다투지 않는 곳, 세상과 겨루지 않는 곳, 생각과 욕망의 잡음이 끊긴 곳, 강물처럼 평화가 흐르는 곳, 삶을 누리고 세상을 즐기는 그곳으로 발길을 돌려야겠다. '조금 더'의 주문을 끊고 '지금 여기'의 낙원으로 들어가야겠다. 내 영혼의 집의 주소는 '지금 여기'다.

매 순간에 전부를 걸어라

___

생각할 때는,

마치 그대의 생각 하나하나가 불로 허공에 새겨져 그 생각을 주시한다고 생각하라.

사실이 진정 그러하기 때문이다.

말할 때는,

마치 그대의 말 하나하나를 전 세계가 하나의 귀인 것처럼 일심으로 듣고 있다고 생각하며 말하라.

사실이 진정 그러하기 때문이다.

행동할 때는,

마치 그대의 행동 하나하나가 그대 머리 위에서 반동하는 것처럼 행동하라.

사실이 진정 그러하기 때문이다.

원할 때는,

마치 그대가 소망 자체인 것처럼 원하라.

사실이 진정 그러하기 때문이다.

살아가면서는,

마치 신 자신이 살아가기 위해 그대의 삶을 필요로 하고 있는 것처럼 살아가라.

사실이 진정 그러하기 때문이다.*

이 글은 아름답고 심오하다. 이 글을 가슴에 담고 살자. 매 순간 나의 전부를 던지자. 집중하고 몰입하자. 생각할 때는 내 생각 하나하나가 허공에 불로 새겨져 그 생각을 주시할 것이다. 말할 때는 내 말 하나하나를 전 세계가 하나의 귀인 것처럼 듣고 있을 것이다. 행동할 때는 내 행동 하나하나가 내 머리 위에서 반동하고 있을 것이다. 사실이 진정 그러하기에. 나를 통해 신이 살고 있기에.

이런 가르침을 준 분은 레바논 출신의 작가 미하일 나이미다. 그는 소설 형식을 빌린『미르다드의 서』에서 이렇게 썼다. 하지만 나는 오쇼 라즈니쉬의 다른 책에서 그를 처음 접했다. 여기서 오쇼는 미하일 나이미를 극찬한다. 어떤 심오한 영감의 채널이 열리지 않는 한 이처럼 높은 경지의 글이 나올 수 없었을 것이라 한다. 내가 쓸 것을 그가

———

'우연한 기회'는 현명한 자의 장난감이다.
어리석은 자는 '우연한 기회'의 장난감이다.

이미 써 버렸기에 그에게 질투를 느낀다고 한다. 그가 쓴 것은 가공의 소설이 아니라 성스러운 경전이라고 한다.

오쇼가 질투한 그 책, 『미르다드의 서』를 요즘 읽고 있다. 원래 이 책은 1995년 장순용 옮김으로 정신세계사에서 펴냈다. 하지만 절판 돼 살 수가 없고, 왠만한 도서관에도 없어 보기 힘들다. 그 책을 복사 한 것을 운 좋게 빌렸다. 요즘 같은 첨단 디지털 시대에 일일이 낱장 을 복사한 책을 읽으니 감회가 새롭다. 전두환 독재의 서슬이 시퍼렇 던 대학 시절이 생각난다. 그때 김지하의 『오적』도 너덜너덜한 복사 판으로 읽었는데 그 김지하는 어디로 갔을까?

그런데 막상 책을 잡으니 진도가 안 나간다. 같은 레바논 출신으로 문학적 동지였던 칼릴 지브란의 『예언자』나 니체의 『차라투스트라 는 이렇게 말했다』를 연상시킨다. 이 두 권의 책을 잘 소화하지 못했 듯이 나는 『미르다드의 서』도 잘 읽지 못한다. 아무래도 나는 영적인 감수성이 부족하다. 영혼의 빛이 희미하다. 『미르다드의 서』는 이렇 게 시작한다.

극복을 희구하는 자에겐 등대이자 항구.
그 밖의 사람들에겐 이 책을 조심하도록 일러라!

내가 바로 '그 밖의 사람'인가 보다. 공연히 엿보다가 동티 날 사람 인가 보다. 이런 염려가 없지 않지만 그래도 나는 만족하기로 했다.

이 책의 어느 한 구절이라도 나를 흔들어 정신이 번쩍 뜨이게 했으니 말이다.

나는 뜻뜨미지근하게 산다. 산골로 와서 느리게 살기로 했지만 사실은 게으르다. 느림을 빙자한 나태다. 느릿이 아니라 느슨이다. 삶과 공부와 글을 일치시키겠다고 다짐했지만 아직 멀었다. 삶도 적당, 공부도 적당, 글도 적당히다. 생각도, 말도, 행동도 적당 적당히다. 나는 이렇게 뜻뜨미지근하다 말 것이다. 100℃에 이르지 못할 것이다.

내 생각과 말과 행동은 하나도 잊히지 않는다. 미르다드는 "시간에는 망각이 없다"고 가르친다. "시간은 모든 것을 기억하고, 시간에 기억된 모든 것은 공간 속의 사물에 깊이 새겨져 있다"고 한다.

그대가 밟고 있는 대지, 그대가 호흡하는 공기, 그대가 머무는 집은 만약 그대가 그것을 읽어낼 만한 힘과 그 의미를 파악할 만한 예민함이 있다면, 그대 과거의 생, 현재의 생, 미래의 생의 기록을 가장 미세한 부분에 이르기까지 즉각 그대에게 밝혀 줄 것이다.*

시간과 공간 속에 우발적인 일은 없다. 어떤 일에도 틀림이 없고, 어떤 것도 빠져나가지 못하는 '전능의 의지'에 의해 모든 사건이 정해져 있다.**

그러니까 우연은 없다. 모든 것은 촘촘하게 연결되어 있다. 내 눈이 어둡고 침침해 몰라볼 뿐이다. 내 오감의 창은 얼마나 좁고 조잡한

가? 내 의식의 빛은 얼마나 여리고 희미한가? 무지의 어둠속을 헤매는 나만 모를 뿐, 내 생각과 말과 행동은 단 한 조각도 인과의 그물망을 빠져나가지 못한다. 내 생각 하나하나가 불로 허공에 새겨져 그 생각을 주시한다는 것은 비유가 아니다. 내 말 하나하나를 전 세계가 하나의 귀인 것처럼 듣고, 내 행동 하나하나가 내 머리 위에서 반동하고 있다는 것은 과장이 아니다. 그것은 사실이 그러하다.

나는 매 순간 속으로 온전히 들어가야 한다. 생각과 말과 행동 하나하나에 나의 전부를 실어야 한다. 모든 것은 기억되고, 연결되고, 되돌아온다. 우연은 없다. 그렇게 보일 뿐이다. 미르다드는 말한다. "'우연한 기회'는 현명한 자의 장난감이다. 어리석은 자는 '우연한 기회'의 장난감이다."

오늘 나는 이 가르침을 가슴에 담는다. 나는 소박하게 살 수 있게 됐으나 넘치지 못한다. 나는 소소한 즐거움을 알았으나 환희를 모른다. 나는 느긋하게 여유를 부리지만 게으르다. 나는 깨닫고자 하나 치열하지 못하다. 나는 질기지만 굳세지 않다. 나는 생을 불태우지 않은 채 허송세월하고 있다. 삶의 언저리에서 빈둥거리고 있다.

니코스 카잔차키스의 소설 『그리스인 조르바』에서 조르바는 아몬드 나무를 심고 있는 한 노인을 만난다. 노인은 아흔을 넘긴 듯하다. 그는 꼬부랑 할아버지에게 다가가 어찌 나무를 심으시냐고 묻는다. 노인은 답한다. "오냐, 나는 죽지 않을 것 같은 기분이다." 이에 조르바가 대꾸한다. "나는 금방이라도 죽을 것처럼 살고 있군요."

어느 쪽 말이 맞는가? 온전한 삶은 이 두 가지의 결합이다. 영원히 살 것처럼 느긋하고, 당장 죽을 것처럼 강렬하라. 매 순간에 전부를 걸어라. 그렇지 않은 삶은 불구다. 절름발이다. 나는 지금 이리저리 뒤뚱거리며 반쪽만 살고 있다.

죽는 날의 명상

나 죽는 날 물어 보리라.

"나는 잘 살았나? 미련은 없나?"

그날이 오늘이라면 대답이 어떨까?

"나는 잘 살지 못했다. 미련이 많다."

버나드 쇼는 달리 답한다.

"우물쭈물하다가 내 이럴 줄 알았다."

그러니 지금부터라도 우물쭈물하지 말고 잘 살아야겠다. 다 놓치고 망치고 종치기 전에 정신 똑바로 차리고 살아야겠다. 미련 없이, 여한 없이 살아야겠다. 그래야 나 죽는 날 잘 살았다고, 아무 미련 없다고 말할 수 있겠지. 편하게 미소 지으며 저세상으로 건너가겠지.

나 죽는 날 또 물어 보리라. 그날이 오늘이라면 나는 어떤 대답을 할 수 있을까?

내 평생 가장 기뻤던 일 두 가지는? 꽃향기 날리던 날, 아름다운 봄날, 내 청춘이 피어나던 어느 날, 그녀를 처음 만났을 때. 그 사랑은 오랫동안 몇 번을 만나고 헤어지다가 끝났지. 그래도 그날은 기뻤네. 가슴이 뛰었네. 또 하나? 미국 대륙을 바람처럼 돌아다닐 때? 남태평양의 바다에서 스노클링을 할 때? 원하는 학교에 붙었을 때? 아! 잘 모르겠다. 너무 시시하게 살아서 기뻤던 일을 두 가지 꼽기가 어렵구나.

내 평생 가장 슬펐던 일 두 가지는? 그녀가 갑자기 떠났을 때. 그날은 정말 슬펐지. 마음이 많이 아팠지. 그때는 늦은 군대 생활도 참고 달콤했지. 또 하나! 어머니 일찍 돌아가셨을 때. 한겨울, 어머니를 차가운 땅에 누일 때 많이 울었지. 그 후로도 문득 어머니의 삶이 떠오르면 눈물이 났지. 그녀는 평생 몇 번을 웃고, 몇 번을 울었을까? 그녀는 나를 위해 헤아릴 수 없는 아픔의 강을 건너다 지쳐서 쓰러졌지.

내 평생 가장 착한 일 두 가지는? 이건 한 가지도 꼽을 수 없구나. 나는 별로 착하게 살지 않았다. 남에게 욕 안 먹고 폐 안 끼치며 살려 했을 뿐이다. 그래도 나도 모르게, 또는 욱하는 성질에, 또는 알면서도 귀찮아서 은근슬쩍 폐를 끼친 적이 많다. 어떤 분이든 나로 인해 마음 상하고 힘든 적이 있었다면 부디 용서하시길.

내 평생 가장 나쁜 일 두 가지는? 이건 한두 가지가 아니구나. 두 가지로는 턱도 없구나. 내 양심을 어기고 거짓말을 한 적이 수두룩하다. 상대에게 상처가 될 줄 알면서도 거칠게 내뱉은 말이 수두룩하다. 사소한 욕심에 남의 것에 손을 댄 적도 여러 번이다. 모질게 내 이익만 챙기려 한 적도 여러 번이다. 어떤 분이든 나로 인해 상처 받고, 피해 입은 분이 있다면 부디 너그러운 마음으로 용서하시길.

내 평생 가장 잘 한 일 두 가지는? 하나, 나이 50에 사표를 던지고 인생 행로를 바꾼 일. 도시를 떠나 산골로 온 일. 성공과 부를 좇아 부질없이 살다가 멈춘 일. 남들과 겨루고 다투는 데 열중하다가 물러선 일. 둘, 단순 소박하게 살기로 한 일. 해야 할 일을 줄이고 하고픈 일을 늘리기로 작심한 일. 일하고 놀고 쉬고, 공부하고 마음 챙기고 글쓰기를 하나로 섞은 일.

내 평생 가장 잘못한 일 두 가지는? 하나, 너무 오래 속된 성공과 부를 좇아 부질없이 산 일. 너무 오래 남들과 겨루고 다투는 데 열중해 함께 나누고 누리지 못한 일. 둘, 너무 오래 하고픈 일을 뒤로 미룬 채 해야 할 일에 빠져 산 일. 더 용감하고 솔직하게 사랑하지 못한 일.

나 죽는 날, 생명의 빛이 가물거리는 순간, 내 인생의 추억들이 파노라마처럼 머릿속을 스칠 때, 나는 알 것이다. 미련 없이 잘 산다는 것이 무엇인지 분명하게 알 것이다. 비로소 나는 깨달을 것이다. 내가 악착같이 세상에서 이루고 성취한 것들이 모두 헛되었다는 것을. 내가 밖으로 쌓아 놓은 것은 하나도 가져갈 수 없다는 것을. 오로지 내가 안으로 누린 기쁨과 밖으로 나눈 사랑만이 온전하게 나에게 남는다는 것을. 그것이 나에게 손을 흔들며 마지막 배웅을 한다는 것을.

하지만 이걸 그때 알면 너무 늦지 않겠나. 그때는 이승의 끝에서 되돌아설 수도 없는데 너무 안타깝지 않겠나. 안으로 누린 기쁨이 없고 밖으로 나눈 사랑도 없이 가려면 황천길이 너무 쓸쓸하지 않겠나. 잘 살았으니 미련 없이 가라며 손을 흔드는 마지막 배웅도 없으면 지나온 생이 너무 허망하지 않겠나.

인용한 글

본문 19쪽 : 틱낫한 지음, 김이숙 옮김, 『주머니 속의 조약돌』, 열림원, 2003, 34쪽.

35쪽 : 한승태 지음, 『인간의 조건』, 시대의창, 2013, 389쪽.

47쪽 : 탁현민 지음, 『당신의 서쪽』, 미래를소유한사람들, 2014, 239쪽.

55쪽 : 곽세라 지음, 『길을 잃지 않는 바람처럼』, 쌤앤파커스, 2010, 272쪽.

72쪽 : 서사현 지음, 『명품 노인』, 토트, 2013, 21~22쪽.

74쪽 : 한비야 지음, 『그건 사랑이었네』, 푸른숲, 2009, 40쪽.

80쪽 : 조안 말루프 지음, 주혜명 옮김, 『나무를 안아보았나요』, 아르고스, 2005, 45쪽.

80쪽 : 같은 책, 135쪽.

82쪽 : 같은 책, 28쪽.

88쪽 : 류시화 편역, 『나는 왜 너가 아니고 나인가』, 김영사, 2010, 334쪽.

105쪽 : 박완서 지음, 『호미』, 열림원, 2007, 39쪽.

107쪽 : 법정 지음, 『맑고 향기롭게』, 조화로운삶, 2006, 78쪽.

109쪽 : 같은 책, 47쪽.

122쪽 : 이오덕 지음, 『나무처럼 산처럼』, 산처럼, 2002, 39쪽.

127쪽 : 헨리 데이비드 소로 지음, 한기찬 옮김, 『월든』, 소담출판사, 2010, 237쪽.

134쪽 : 같은 책, 108쪽.

144쪽 : 로베르트 베츠 지음, 송소민 옮김, 『사랑하라 너를 미치도록』, 블루엘리펀트, 2012, 119쪽.

147쪽 : 김주수 지음, 『베풂의 법칙』, 비움과소통, 2013, 143쪽.

187쪽 : 오쇼 라즈니쉬 지음, 황학구 옮김, 『요가의 길』, 황금꽃, 2003, 231~232쪽.

191쪽 : 홍신자 지음, 『자유를 위한 변명』, 정신세계사, 1993, 281쪽.

194쪽 : 홍신자 지음, 『무엇이든 할 수 있는 자유, 아무것도 하지 않을 자유』, 명진출판사, 2002, 23~24쪽.

212쪽 : 현각 편집, 『오직 모를 뿐』, 물병자리, 2005, 274쪽.

221쪽 : 닐 도날드 월쉬 지음, 조경숙 옮김, 『신과 나눈 이야기 3』, 아름드리, 1999, 172~173쪽.

231쪽 : 닐 도날드 월쉬 지음, 조경숙 옮김, 『신과 나눈 이야기 2』, 아름드리, 2003, 281쪽.

231쪽 : 같은 책, 210쪽.

233쪽 : 데이비드 호킨스 지음, 이종수 옮김, 『의식혁명』, 한문화, 2008, 69쪽.

235, 236쪽 : 포리스트 카터 지음, 조경숙 옮김, 『내 영혼이 따뜻했던 날들』, 아름드리미디어, 2003, 101~102쪽에서 이야기체로 정리.

259쪽 : 류시화 편역, 『나는 왜 너가 아니고 나인가』, 김영사, 2010, 16쪽.

262쪽 : 마이클 A. 싱어 지음, 이균형 옮김, 『한 발짝 밖에 자유가 있다』, 정신세계사, 2008, 72~73쪽.

271쪽 : 미하일 나이미 지음, 장순용 옮김, 『미르다드의 서』, 정신세계사, 1995, 93쪽.

274쪽 : 같은 책, 162쪽.

274쪽 : 같은 책, 164쪽.

도움받은 책

1. 국내서

· 곽세라 지음, 『길을 잃지 않는 바람처럼』, 쌤앤파커스, 2010.
· 김영갑 지음, 『그 섬에 내가 있었네』, Human&Books, 2005.
· 김주수 지음, 『베풂의 법칙』, 비움과소통, 2013.
· 류시화 편역, 『나는 왜 너가 아니고 나인가』, 김영사, 2010.
· 박완서 지음, 『호미』, 열림원, 2007.
· 법정 지음, 『맑고 향기롭게』, 조화로운삶, 2006.
· 법정 지음, 『한 사람을 모두를 모두는 한 사람을』, 문학의숲, 2009.
· 서사현 지음, 『명품 노인』, 토트, 2013.
· 이오덕 지음, 『나무처럼 산처럼』, 산처럼, 2002.
· 장일순 지음, 『나는 미처 몰랐네 그대가 나였다는 것을』, 시골생활, 2010.
· 정승희 지음, 『아마존은 옷을 입지 않는다』, 사군자, 2006.
· 최성현 지음, 『좁쌀 한 알』, 도솔, 2004.
· 탁현민 지음, 『당신의 서쪽에서』, 미래를소유한사람들, 2014.
· 한비야 지음, 『그건 사랑이었네』, 푸른숲, 2009.
· 한승태 지음, 『인간의 조건』, 시대의창, 2013.
· 현각 편집, 『오직 모를 뿐』, 물병자리, 2005.
· 홍신자 지음, 『무엇이든 할 수 있는 자유, 아무것도 하지 않을 자유』, 명진출판사, 2002.

2. 번역서

· 나이미, 미하일 지음, 장순용 옮김, 『미르다드의 서』, 정신세계사, 1995.
· 뉴턴, 마이클 지음, 김지원 · 김도희 옮김, 『영혼들의 여행』, 나무생각, 2011.
· 라즈니쉬, 오쇼 지음, 손민규 옮김, 『기적을 찾아서 1, 2』, 계몽사, 1996.

· 라즈니쉬, 오쇼 지음, 이종수 옮김, 『비밀의 서 1, 2, 3, 4』, 황금꽃, 2004.

· 라즈니쉬, 오쇼 지음, 손민규 옮김, 『사랑, 자유 그리고 홀로서기』, 청아출판사, 2003.

· 라즈니쉬, 오쇼 지음, 황학구 옮김, 『요가의 길』, 황금꽃, 2003.

· 라즈니쉬, 오쇼 지음, 윤구용 옮김, 『인생EGO』, 지혜의나무, 2006.

· 랭어, 엘렌 지음, 변용란 옮김, 『마음의 시계』, 사이언스북스, 2011.

· 말루프, 조안 지음, 주혜명 옮김, 『나무를 안아보았나요』, 아르고스, 2005.

· 베츠, 로베르트 지음, 송소민 옮김, 『사랑하라 너를 미치도록』, 블루엘리펀트, 2012.

· 보더니스, 데이비드 지음, 김민희 옮김, 『E = mc²』, 생각의 나무, 2003.

· 브랙, 타라 지음, 김선주 · 김정호 옮김, 『받아들임』, 불광출판사, 2012.

· 세이프, 찰스 지음, 안인희 옮김, 『현대 우주론을 만든 위대한 발견들』, 소소, 2005.

· 소로, 헨리 데이비드 지음, 한기찬 옮김, 『월든』, 소담출판사, 2010.

· 슈마허, 에른스트 지음, 이덕임 옮김, 『자발적 가난』, 그물코, 2010.

· 싱어, 마이클 A. 지음, 이균형 옮김, 『한 발짝 밖에 자유가 있다』, 정신세계사, 2008.

· 월쉬, 닐 도널드 지음, 조경숙 옮김, 『신과 나눈 이야기 1, 2, 3』, 아름드리, 1999.

· 에르베, 페테르 지음, 조경숙 옮김, 『우리는 신이다』, 아름드리, 1998.

· 제이콥슨, 레너드 지음, 김윤 옮김, 『마음은 도둑이다』, 침묵의향기, 2007.

· 제이콥슨, 레너드 지음, 김윤 옮김, 『지금 이 순간』, 침묵의향기, 2001.

· 카스트, 바스 지음, 정인회 옮김, 『선택의 조건』, 한국경제신문사, 2012.

· 카잔차키스, 니코스 지음, 이윤기 옮김, 『그리스인 조르바』, 열린책들, 2011.

· 카터, 포리스트 지음, 조경숙 옮김, 『내 영혼이 따뜻했던 날들』, 아름드리미디어, 2003.

· 틱낫한 지음, 진현종 옮김, 『그대 안의 호랑이를 길들여라』, 불광출판사, 2011.

· 틱낫한 지음, 김이숙 옮김, 『주머니 속의 조약돌』, 열림원, 2003.

· 틱낫한 지음, 박혜수 옮김, 『틱낫한의 사랑의 가르침』, 열림원, 2003.

· 틱낫한 지음, 최수민 옮김, 『화』, 명진출판, 2002.

· 해밀턴, 데이비드 R. 지음, 이정국 옮김, 『우분투』, 애플북스, 2013.

· 호킨스, 데이비드 지음, 이종수 옮김, 『의식혁명』, 한문화, 2008.

월든처럼

헨리 데이비드 소로처럼 숲으로 들어간 4년

펴낸날	초판 1쇄 2015년 4월 13일

지은이	김영권
펴낸이	심만수
펴낸곳	(주)살림출판사
출판등록	1989년 11월 1일 제9-210호

주소	경기도 파주시 광인사길 30
전화	031-955-1350　　팩스　031-624-1356
기획·편집	031-955-4675
홈페이지	http://www.sallimbooks.com
이메일	book@sallimbooks.com

ISBN　978-89-522-3109-3 03810

※ 값은 뒤표지에 있습니다.
※ 잘못 만들어진 책은 구입하신 서점에서 바꾸어 드립니다.
※ 이 책에 실린 글과 사진은 저작권법에 의해 보호받는 저작물이므로 무단 전재와
　복제를 금합니다.
※ 이 책에 실린 인용문 중 일부는 저작권자와 연락이 닿지 못했습니다. 추후 연락을
　주시면 저작권법에 따라 절차를 밟겠습니다.

이 도서의 국립중앙도서관 출판시도서목록(CIP)은 서지정보유통지원시스템 홈페이지
(http://seoji.nl.go.kr)와 국가자료공동목록시스템(http://www.nl.go.kr/kolisnet)에서
이용하실 수 있습니다.(CIP제어번호: CIP2015008571)

책임편집·교정교열 **구민준**

김영권

22년 동안 경제부 기자로 외길을 걸었다. 날마다 데드라인을 눈앞에 두고 숨 가쁘게 달리며 살았다. 그러다 문득 허탈함을 느끼고 사표를 낸다. 더 많이 갖고 더 높이 오르기 위해 겨루고 다투던 삶을 멈춘다. 그는 이것으로 자신의 삶에서 전반전을 마친다. 인생 후반전에는 '월든' 호숫가로 들어간 헨리 데이비드 소로처럼 숲으로 들어간다. 강원도 산골에 '태평家'라는 집을 짓고 완전히 새로운 두 번째 삶을 모색한다. 자신만의 박자로 '진짜 나'를 찾아가는 가슴이 시키는 삶! 그는 강과 산과 들의 품 안에서 단순하고 소박하게 산다. 덜 버는 대신 덜 쓰고, 머리 덜 굴리는 대신 몸 더 움직이고, 마음 덜 쓰는 대신 가슴 더 열면서 산다. 자연과 더불어 생명을 노래하고 영혼을 두드리는 지혜와 통찰을 구한다.

이 책은 언제 어디서 무엇을 하든 평화와 기쁨이 가득한 내면을 일구려는 인생 2막, 4년에 대한 기록이다.

한국외국어대학교와 서울대 행정대학원을 졸업했다. 「세계일보」와 「파이낸셜뉴스」 「머니투데이」에서 기자 생활을 했고 「머니위크」 편집국장을 지냈다. 「머니투데이」에 삶과 마음을 성찰하는 칼럼 '웰빙 에세이'를 11년째 쓰고 있다. 지은 책으로는 『어느 날 나는 그만 벌기로 결심했다』 『삶에게 묻지 말고 삶의 물음에 답하라』 등이 있다.